KB266558

# 종로 산책

# 종로 산책

ⓒ 박홍섭, 2026

초판 1쇄 발행 2026년 4월 23일

지은이      박홍섭
펴낸이      이기봉
편집        좋은땅 편집팀
펴낸곳      도서출판 좋은땅
주소        서울특별시 마포구 양화로12길 26 지월드빌딩 (서교동 395-7)
전화        02)374-8616~7
팩스        02)374-8614
이메일      gworldbook@naver.com
홈페이지     www.g-world.co.kr

ISBN   979-11-388-5892-2 (03810)

# 종로 산책

## A Walk in Jongno

박홍섭 지음

세종대왕

# 서문

2022년, 오랜 해외 생활을 마치고 드디어 한국으로 돌아왔다. 말레이시아, 싱가포르, 대만, UAE, 사우디아라비아, 인도, 방글라데시 등의 현장을 오가며, 23여 년의 해외에서 보낸 시간은 삶에 깊은 흔적을 남겼지만, 동시에 마음 한편에는 늘 돌아갈 고국의 도시 풍경이 남아 있었다. 귀국은 단순한 복귀가 아니라, 인생의 속도를 다시 조정하는 일에 가까웠다.

귀국과 함께 약 삼십 년 동안의 삼성물산 정년퇴직 후, 제2의 직장으로 몸담게 된 곳은 CM 회사인 건원 엔지니어링이다.

서울 송파구 문정동에서의 본사 근무는 오랜만에 맞이한 한국에서의 '일상적인 회사 생활'이었다.

아침 출근을 따릉이를 타고 한강 변과 탄천 길을 따라 출근하면서 주변의 풍경을 즐기는 것으로 만족했지만, 늘 반복되는 일상이라서 변화의 여백은 많지 않았다.

그러던 2025년 2월, CM 단장직을 맡고 난 후 근무지가 광화문으로 옮겨지면서 도시와의 관계가 근본적으로 달라지기 시작했다.

서울 도심으로의 출근과 퇴근, 점심시간 동안의 짧은 틈새 시간들이 '사유할 수 있는 시간'으로 바뀌었다. 그리고 그 변화는 생각보다 큰 감동으로 다가왔다.

처음에는 발주처 사무실이 있는 광화문 이마빌딩에서 약 4개월 동안 합사 근무를 했고, 25년 5월 중순부터는 CM단 사무실을 세종문화회관 뒤편 새문안로 5가 옥빌딩으로 옮겼다. 두 건물은 세종로를 사이에 두고, 10분 거리에 있는 광화문광장 주변의 건물들이다.

광화문으로 근무지를 옮긴 이후로는 매일 아침 출근길에 지하철 5호선을 타고 을지로4가역에서 미리 내려, 청계천 배오개다리에서부터 광화문 사무실까지 약 3킬로미터를 슬로 조깅으로 달려서 출근한다.

아직 도시가 완전히 깨어나기 전의 시간, 청계천 물길을 따라 일부러 택한 이 느림의 길은 하루를 준비하는 작은 루틴이 되었다. 빈짝이는 햇살과 잔잔한 물소리는 마음의 속도를 자연스럽게 늦춰 준다.

매일 이 길을 지날 때면 종종 1930년대 박태원이 바라보았을 '천변풍경'을 떠올린다. 급속히 바뀐 도시의 외형과 달리, 하루를 시작하는 사람들의 모습만큼은 크게 다르지 않다.

광화문 사무실로 출퇴근하면서 자연스럽게 마주하는 세종문화회관 뒤편 소공원은 도심 한가운데에서 계절의 변화를 가장 먼저, 그리고 가장 솔직하게 전해 주는 공간이다. 바쁜 발걸음 속에서도 이곳의 풍경은 하루의 시작과 끝에 조용히 스며든다.

봄이면 아직 완전히 풀리지 않은 바람 사이로 연둣빛 새잎이 번지고, 점심시간 햇살은 벤치와 보도블록 위에 부드럽게 내려앉는다.

여름의 소공원은 그늘이 중심이 된다. 짙어진 나뭇잎 사이를 스치는 바람과 매미 소리가 도심의 열기를 눌러 준다.

가을이 깊어지면 은행나무가 쏟아 낸 노란 잎 위로 붉은 단풍과 느티나무의 색이 겹겹이 쌓이며, 바스락거리는 발소리마다 시간이 쌓여 간다.

겨울이 되면 잎을 모두 내려놓은 나무들의 가지가 또렷한 선으로 하늘을 가르고, 차가운 공기 속에서 풍경은 오히려 더 정돈된다. 색은 줄어들지만, 매일 같은 동선에서 마주하는 이 공간의 존재감은 더욱 분명해진다.

그 길을 지나며 출근을 할 때면, 억지로 하루를 시작하기보다는 소풍을 떠나온 마음처럼 스스로를 추슬러 보곤 한다.

점심시간이 되면 광화문광장은 다시 다른 얼굴을 보여 준다. 조금만 발걸음을 옮기면 경복궁의 담장에 닿고, 반대편으로는 덕수궁 돌담길로 이어질 수 있다. 창덕궁과 창경궁, 운현궁과 인사동, 종묘와 사직단까지를 아우르는 이 일대는 서울이라는 도시가 품고 있는 시간의 밀도가 가장 높은 곳이다.

짧은 산책이지만, 궁궐의 전각 사이로 스며드는 햇빛과 오래된 돌길을 밟는 감각은 오전의 긴장을 풀어내는 휴식과 사색의 시간이 된다.

광화문 사무실에 근무하면서, 주변의 걷는 곳마다 하루하루를 기록하다 보니 도시가 다시 보이기 시작했다. 점심시간이 부족한 날에는 식사를 거르고 따릉이를 타고 이동하기도 한다.

출퇴근길에 늘 스쳐보던 세종문화회관의 공연 포스터는, 어느 날 아내와 함께 객석에 앉아 그 장면의 주체가 되면서, 늘 지나치며 바라보던 이미지가 일상이 되는 호사를 누릴 기회가 되어 준다.

해외 현장에서 대극장을 시공하며 '좋은 건축'을 고민하던 시절이 있었는데 이제는 그 고민이 '좋은 공간을 어떻게 누려 볼 것인가'로 옮겨 왔다.

종로 일대 조선의 궁궐들, 여러 미술관과 박물관, 세종문화회관 등 문화시설과 유적들의 탐방은 도시가 건네준 새로운 삶의 혜택이 되고 있다.

2025년 2월부터 2026년 현재까지 종로에서의 출근길과 점심시간, 퇴근 후의 짧은 산책들이 모여 하나의 도시 산책 일기가 되었다.

걷는다는 것은 앞으로 나아가는 일이 아니라, 돌아온 자리에서 비로소 보이는 것들을 천천히 받아들이는 일일지도 모른다. 이 흔적들은 그 느린 걸음에 대한 작은 기록이다.

# 차례

# 1
# 광화문광장

광화문광장
(서울특별시 광화문광장 홈페이지 홍보 자료사진)

# 광화문광장 찬가

　　도시는 보통 목적을 가진 사람에게는 배경이 되고, 목적을 내려놓은 사람에게는 풍경이 된다. 광화문광장은 늘 그런 장소이다. 출근길에는 통과해야 할 중심이고, 점심시간에는 잠시 숨을 고르는 주변이며, 퇴근 후에는 약속을 향해 지나치는 경유지이다.

아침 시간 광화문광장

오늘은 아침부터 밤까지, 하루의 거의 모든 시간을 광화문광장과 함께 보내면서 비로소 이곳이 '지나가는 공간'이 아니라 '머무는 중심'이 될 수 있다는 사실을 알게 되었다.

아침 출근길에는 청계천 배오개다리에서 물길을 따라 천천히 몸을 풀며 달리기 시작해서 자연스럽게 광화문 청계광장에 도착했다.

청계광장에서 세종로 네거리 건널목을 지나 마주하는 광화문광장은 이미 깨어 있으면서도 소란스럽지 않은 표정으로 출근하는 직장인들을 맞이했다.

점심시간에는 광화문광장에서 종로길을 따라 청계4가의 광장시장까지 걸어가서 시장 안을 한 바퀴 둘러본 뒤, 아침에 달렸던 청계천 산책길을 따라 다시 사무실로 돌아왔다.

같은 길이었지만, 아침과 점심은 전혀 다른 풍경이었다. 아침의 청계천이 개인의 호흡에 맞춰진 길이라면, 점심의 청계천은 수많은 삶의 속도가 겹쳐진 공간이었다.

저녁에는 사무실 주변의 세종문화회관 서측 소광장에서 아내와 만나, 광화문광장 주변에서 시간을 보낸 뒤 7시 30분부터 시작하는 세종문화회관 대극장의 '호두까기 인형' 공연을 관람했다.

공연 시작까지 남은 2시간 동안, 저녁 식사와 광화문광장에서 열리고 있는 연말 행사들을 둘러보았다.

광화문광장 중앙에서는 저녁 6시부터 SBS '생방송 투데이'의 생방송이 진행되고 있었다. 분주하게 움직이는 진행자와 스태프들을 잠시 지켜보다가 광화문광장 북측으로 발길을 옮겨 광화문 전면을 거대한 캔버스로 삼은 '광화문 미디어파사드 쇼'를 관람했다.

'광화, 빛으로 숨 쉬다'라는 주제 아래 국내외 작가들의 작품들이 광화문에 새로운 호흡을 불어넣고 있었고, 낮 동안 익숙했던 건축물은 밤이 되자 전혀 다른 표정으로 서 있었다.

다시 세종대왕 동상을 중심으로 한 남측 광장으로 발걸음을 옮겼다. 그곳에는 거대한 크리스마스트리와 함께 연말 특별 행사인 크리스마스 마켓이 열리고 있었다.

연말의 광화문광장 크리스마스 마켓

아침과 낮에 보았던 광화문광장이 출퇴근의 동선이자 일상의 배경이었다면, 저녁의 광장은 분명 다른 에너지로 가득 차 있었다. 겨울밤

 종로 산책

의 차가운 공기 위로 사람들의 웃음과 목소리가 겹쳐지며, 광장은 연말을 맞아 몰려든 인파로 한층 더 북적였다.

대형 크리스마스트리 앞에서는 인증샷을 남기려는 사람들이 자연스럽게 모였고, 크리스마스 마켓 주변에서는 음악과 대화가 끊임없이 이어지면서 광화문광장은 활기와 기대감으로 넘쳐 났다.

세종문화회관 대극장에서 만난 유니버설 발레단의 발레 '호두까기 인형'은 2019년 볼쇼이 극장에서 관람한 이후 6년 만의 발레였다.

세종문화회관 대극장 호두까기 인형 공연 커튼콜

유니버설 발레단의 무대는 이야기의 흐름을 또렷하게 살리는 구성과 안정된 발레가 인상적이었다. 화려함을 앞세우기보다 고전 발레 특유의 균형과 정확함에 집중한 움직임이었고, 익숙한 음악과 장면들이 차분하게 이어지며 작품의 서사를 단단히 받쳐 주었다.

무대 위에서는 크리스마스이브의 밤, 소녀 클라라가 호두까기 인형을 선물로 받고, 인형이 왕자로 변해 쥐왕과 맞서는 이야기가 펼쳐졌다. 눈의 나라를 지나 사탕의 왕국으로 이어지는 장면들은 차이콥스키의 선율과 어우러져 꿈과 현실의 경계를 부드럽게 넘나들었다.

하루 종일 걸어 다녔던 도시의 풍경은 공연이 끝난 뒤에도 쉽게 가라앉지 않았다. 오히려 음악과 겹쳐지며 하나씩 정리되는 느낌을 주었고, 무대 위의 환상은 그렇게 오늘 하루의 끝에서 오래 남았다.

2025년 2월 초부터 광화문 사무실에서 근무하며, 광화문광장은 발주처 사무실과 세종대로를 사이에 둔 CM 사무실의 공간적 '중심'이 되어 왔다. 너무 익숙해진 탓에 중심은 늘 주변처럼 취급되었다. 그러나 오늘처럼 아침부터 밤까지 이 공간 안에서 하루를 보내고 나니, 광화문광장이 중심이 되는 이유는 특별한 행사가 있어서가 아니라, 그 안을 걷는 사람이 자신의 속도를 되찾을 때라는 사실을 새삼 깨닫게 되었다.

광화문광장의 힘은 '겹침'에 있다. 조선의 시간 위에 근대의 시간이, 그 위에 다시 현재의 일상이 겹겹이 포개져 있다. 누군가는 이 길을 출근길로 걷고, 누군가는 여행자의 시선으로 걷고, 또 누군가는 역사책의 페이지를 넘기듯 걷는다.

같은 길 위에서 서로 다른 목적과 감정이 겹쳐지지만, 그 충돌은 소음이 아니라 균형으로 남는다. 이곳에서의 하루는 직선으로 흐르지 않

                                          종로 산책

는다. 걷다 보면 멈추게 되고, 멈추다 보면 다시 걷게 된다.

광화문광장은 서두르지 않는 사람에게 말을 거는 공간이다. 여기서 잠시 더 있어도 괜찮다고, 오늘은 목적지보다 경로가 더 중요할 수도 있다고 조용히 속삭이는 듯하다.

정치의 광장이고 집회의 공간이며, 축제와 공연, 산책과 휴식의 장소가 된 이곳은 스스로의 역할을 고집하지 않고 시대가 요구하는 모습으로 자신을 조금씩 내어 주었다. 그래서 개인의 하루는 이곳에서 도시의 시간과 자연스럽게 포개진다.

이 자리의 시간은 조선으로 거슬러 올라간다. 광화문 앞은 본래 '광장'이 아니라 길이었다. 육조거리라 불리던 이 길은 왕이 머무는 경복궁과 나라의 행정을 담당하던 육조 관아를 곧게 잇는 국가의 척추였다. 길의 폭과 방향에는 질서가 있었고, 그 위를 오가는 빌걸음에는 위계가 있었다. 임금의 행차가 지나가면 사람들은 숨을 고르고 고개를 숙였고, 관리들의 걸음에는 관복만큼이나 분명한 목적이 실려 있었다. 이곳의 시간은 개인의 것이기보다 국가의 것이었고, 공간은 감상의 대상이 아니라 기능의 집합체였다.

조선의 질서가 무너진 뒤, 이 길은 제국과 식민의 시간을 통과했다. 일제강점기의 육조거리는 의도적으로 훼손되고 끊어졌다. 궁궐 앞에는 총독부 건물이 들어섰고, 길은 더 이상 왕조의 중심축이 아니게 되었다. 이 시기의 광화문 앞은 빼앗긴 시간의 상징처럼 남았다. 길은 있었으나 의미는 지워졌고, 공간은 존재했으나 기억은 억눌렸다.

해방 이후와 산업화의 시대에 들어서면서 이곳은 다시 다른 얼굴을 갖게 되었다. 자동차가 길의 주인이 되었고, 광화문 앞은 거대한 교차로가 되었다. 사람은 신호를 기다리며 건너야 했고, 머무를 수 없는 공간은 스쳐 가는 배경이 되었다. 국가의 중심이라는 상징은 남아 있었지만, 그 중심을 살아가는 개인의 감정은 끼어들 틈이 없었다. 광화문은 웅장했으나 차가웠고, 크지만 손에 닿지 않는 풍경이었다.

그러다가 비교적 최근에야, 이곳은 다시 '사람의 속도'를 되찾기 시작했다. 차로 채워졌던 공간이 비워지고, 광장은 천천히 열렸다. 집회와 발언의 장소로, 축제와 공연의 무대로, 그리고 무엇보다 걷는 사람을 위한 공간으로 변모했다. 이 변화는 단절이 아니라 회복에 가까웠다.

조선의 육조거리가 국가의 동선이었다면, 오늘의 광화문광장은 시민의 리듬이다. 직선의 위엄 대신 곡선의 여유가 들어왔고, 명령의 공간 대신 대화의 장소가 되었다.

지금의 광화문광장을 육조거리와 나란히 놓고 바라보면, 두 공간은 닮아 있으면서도 다르다. 육조거리가 권력의 시선을 한 방향으로 모으는 길이었다면, 광화문광장은 시선을 사방으로 풀어놓는 마당이다. 과거의 길이 목적지를 향해 곧게 나아갔다면, 지금의 광장은 머뭇거림과 우회를 허락한다. 그 차이는 시대가 무엇을 중요하게 여겼는지를 고스란히 보여 준다.

광화문광장은 여전히 크고 웅장하지만, 동시에 개인의 서정을 허락하는 드문 공간이다. 혼자 걸어도 외롭지 않고, 함께 걸어도 소란스럽지 않은 곳. 왕조의 질서와 식민의 상흔, 산업화의 속도를 모두 통과하고서도, 결국 사람을 중심에 다시 세운 자리다. 역사의 무게를 품고 있으면서도 일상의 가벼움을 잃지 않는 곳이다. 특별한 계획 없이도, 이유를 설명하지 않아도 그저 걷고 싶어지는 길 위에서. 그리고 그 길의 중심에는, 과거의 육조거리를 기억하는 현재의 광화문광장이 조용히 놓여 있다.

# # 피맛골

　서울에는 말과 관련된 몇몇 지명들이 존재한다. 말에게 죽을 먹였던 곳이라는 데서 '말죽거리'라는 이름이 나왔고, 조선 시대 서민들이 양반, 고관, 관료 등이 타고 다니던 종로 큰길의 말을 피해 좁은 뒷골목으로 다니면서 말을 피하는 길이 종로의 피맛골이고, 말을 키우거나 길렀던 '마들', 말을 키우던 양마장이 있던 '마장동' 등이 그런 곳이다.

피맛골 안내 표지판

　이번 주는 아침 출근 시간에 지하철 종로3가에서 미리 내려서, 종로의 익선동과 피맛골을 거쳐 광화문 사무실로 출근하고, 점심시간에도 피맛골을 거쳐 익선동 한옥마을과 인사동 거리를 산책했다. 한겨울을 앞두고 세워진 광화문광장의 크리스마스트리는 이미 한가운데 자리를 차지한 채 묵직한 존재감을 드러냈다.

**재개발 이후 피맛골**

　오랫동안 알고 있던 장소를 다시 찾아가는 일에는, 소풍을 앞둔 전날의 마음처럼 묘한 설렘이 있다. 도시가 잃어버린 것들 속으로 잠시 들어가 보고 싶은 마음 때문인지, 아니면 흔적이라는 것이 가진 독특한 매력이 때문인지, 발걸음은 자연스럽게 그곳으로 향했다.

　한낮에 종로 방향으로 걸어가면 어느새 가로수들은 이미 잎을 거의 떨군 채 겨울바람에 몸을 맡기고 있었다. 종로의 차들은 차가운 공기를 가르며 지나갔고, 빌딩 사이에서 쏟아져 나온 직장인들은 점심시간이 주는 짧은 해방감을 즐기듯 도심의 공기를 깊이 들이켰다.

종로는 늘 그랬듯 복잡하고 활기찼지만, 피맛골을 제대로 바라보고 싶은 생각에 이곳을 지나는 직장인들의 걸음걸이보다는 한 템포 늦은 박자로 천천히 걸었다.

종로가 권력의 길이었다면, 피맛골은 그 권력을 비켜 서민들이 살아가던 숨은 길이었다. 피맛골과 관련된 인물로는 조선의 개국공신인 정도전을 들 수 있다.

그는 한양 도성을 설계하고, 궁궐, 성문, 거리 체계를 정비한 조선 도시 계획의 핵심 인물이었다. 그가 설계한 종로의 큰길에는 조선 시대 양반들의 행차가 있었고, 이런 양반들의 행차와 말을 피하기 위해 서민들이 종로 뒤쪽으로 만들어 낸 길을 '말을 피하는 길', 즉 피맛골이라 불렀다.

청진동으로 불리던 시절의 피맛골은 서울에서 가장 서민적인 장소 중 하나였다. 좁은 골목마다 순댓국, 해장국, 생선구이 냄새가 은근하게 퍼졌고, 겨울이면 유리창 안쪽에 서린 김이 골목 자체를 따뜻하게 비추었다. 문을 열면 뜨끈한 국물 냄새가 얼굴을 감싸며 몸의 긴장을 단숨에 풀어 주곤 했다. 직장인들은 점심에 급하게 국물을 들이켰고, 저녁이면 좁은 선술집마다 막걸리 잔 부딪히는 소리가 흘러나왔다. 연탄난로 앞에서 기다리는 사람들의 흰 숨결이 골목의 겨울 풍경을 완성하던 시절이었다.

그러나 지금의 피맛골은 대부분 사라졌다. 청진동 일대 재개발 과정에서 노후한 골목과 상가들은 철거되었고, 수백 년 동안 이어져 온 생활의 공간은 대형 오피스 빌딩과 상업 시설로 대체되었다.

서울역사박물관 내부 청진동 모형

골목 전체를 보존하기보다는 흔적만 남기는 방식이 선택되면서, 피맛골은 교보빌딩 뒤편에서 광화문 D타워, 르메이에르, 타워8 사이를 잇는 일부 구간만이 건물 저층부를 통과하는 통로처럼 남게 되었다. 입구에 걸린 '피맛골' 현판이 아니었다면, 이곳이 과거의 골목이었음을 알아차리기 어려운 모습이었다.

재개발과 함께 골목을 채우던 국밥집과 선술집, 오래된 단골을 품은 가게들은 보상과 이주 과정 속에서 흩어졌고, 피맛골의 정체성이던 사람과 시간도 함께 자리를 옮겼다. 지금 남아 있는 피맛골은 원형이라기보다 기억을 환기시키는 표식에 가까웠다.

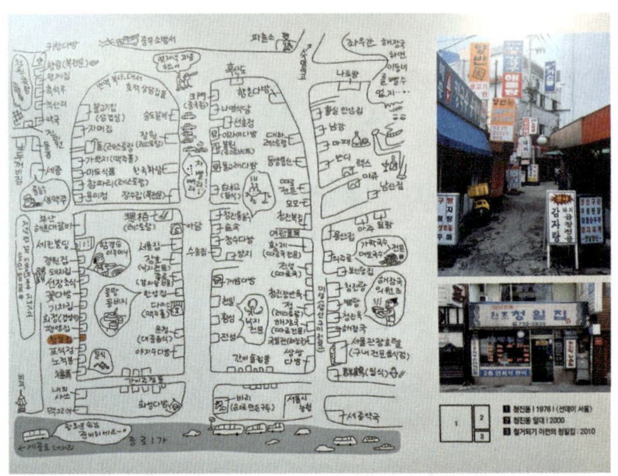

서울역사박물관 내부 청진동 소개 전시물

피맛골의 마지막 흔적을 지나 종각 사거리에서 좌회전해 우정국로를 따라 올라가니 삼봉로 끝에서 인사동5길과 맞닿았다. 이 골목은 다시 인사동4길로 이어지고, 삼일대로를 건너니 익선동 한옥마을이 펼쳐졌다.

이번 주 내내 들른 익선동은 어느새 익숙한 동네가 되었다. 어제는 이곳 맛집에서 점심을 먹고, 예쁜 카페에서 커피를 마셔서인지 더욱 친근하게 느껴졌다. 낮은 기와지붕 위로 초겨울 햇살이 부드럽게 내려



종로 산책

앉고, 외국인 관광객들이 기와집 사이 골목을 흘러가며 골목에 활기를 더하고 있었다.

피맛골이 잃어버린 과거의 시간이라면, 익선동은 그 시간을 품은 채 새로운 시대의 옷을 입은 현재의 공간이었다. 익선동의 골목들을 천천히 둘러본 뒤, 다시 인사동 길로 접어드니 갑자기 시간이 조금 느려지는 듯한 기분이 들었다.

전통과 현대가 서로 기대어 있는 풍경 속에서 점심 인파와 관광객들이 자연스레 뒤섞여 흐르듯 지나갔다.

인사동의 끝에서 북 인사 광장 건널목을 지나니 열린 송현 녹지 광장이 나타났다. 열린 송현 녹지 광장 앞을 지나 경복궁 동십자각의 고즈넉한 실루엣이 나타났고, 그 건너로 경복궁의 웅대한 월대가 모습을 드러냈다. 나시 광화문광장에서 하루의 산책을 마무리했다.

이 여정은 도시가 품고 있는 과거와 현재, 보존과 소멸을 모두 걸어 본 시간으로, 피맛골의 잔향과 익선동의 생기, 인사동의 숨결과 광화문의 겨울 햇살까지 도시의 다양한 얼굴을 서로 다른 결로 보여 주고 있었다.

# \# 이마빌딩

2025년 2월부터 약 넉 달 동안, 발주처 사무실이 있는 이마빌딩에서 합사 근무를 했다.

출근길에 청계천 배오개다리에서 광화문 청계광장까지는 슬로 조깅으로 달리고, 세종로와 종로가 만나는 광화문 네거리의 건널목을 건너 세종로를 따라 광화문을 향해 걷다가 대한민국역사박물관 건물을 끼고 우회전하면 이마빌딩이 나온다.

25년 5월부터는 세종문화회관 뒤편 새문안로 5가의 옥빌딩으로 CM단 사무실을 옮겼지만, 지금도 발주처와의 회의가 있는 날이면 여전히 이마빌딩을 찾는다. 일주일에 서너 번은 세종로를 사이에 두고 두 건물 사이를 오간다. 두 건물은 멀지 않지만, 그 사이에는 수백 년의 시간이 겹겹이 쌓여 있다.

이마빌딩이 서 있는 이 일대는 조선 건국의 설계자, 삼봉 정도전의 삶이 가장 밀도 있게 지나간 자리다. 조선이 한양으로 천도한 뒤, 도성의 틀을 잡고 궁궐과 종묘, 사직을 배치한 인물이 바로 삼봉 정도전

이마빌딩

이다. 경복궁의 이름을 짓고, 근정전과 사정전, 강녕전처럼 정치와 일상, 거처의 의미를 담아 건물의 성격을 분명히 나눈 것도 그의 손길이었다. 도시의 중심축을 남북으로 놓고 육조거리를 만들고, 동서로는 종로를 두어 행정과 상업의 흐름을 교차시킨 발상 역시 삼봉 정도전의 구상이었다.

그가 살았던 집 또한 이 도성의 요지에 자리하고 있었다. 지금의 종로구 수송동 일대, 옛 수진방이라 불리던 곳이다. '장수할 수' 자를 쓴 수동과, '소나무 송' 자를 쓴 송동으로 나뉘어 있던 이 동네에서 삼봉의 집은 수동 대부분을 차지했다고 전해진다. 지금의 이마빌딩과 석탄회관이 위치한 곳이 수동이고, 트윈트리타워와 서머셋 호텔 등이 있는 곳이 송동이다.

이곳은 궁궐과 육조거리 바로 뒤편, 지금으로 치면 권력과 행정의 한복판이었다. 그러나 삼봉 정도전이 이곳에서 누린 시간은 길지 않았다. 역성혁명 이후 불과 몇 해, 권력의 정점에 서 있던 그는 결국 그 권력의 가장 거친 방식으로 밀려났다.

삼봉의 집이 있던 자리는 그의 죽음과 함께 국가에 몰수되었고, 이후 궁중의 말과 수레를 관리하던 관청인 사복시가 들어섰다. 말은 곧 권력이었고, 군사와 의례, 이동의 핵심 수단이었다. 세월이 흘러 일제 강점기에는 기마경찰대가 이곳을 사용했고, 광복 이후에도 서울기마경찰대로 명맥을 이어 갔다. 말이 머물던 자리에 다시 말이 머무는 공간이 이어진 셈이다.

1970년대, 기마경찰대가 이전한 뒤 이 자리에 들어선 건물이 지금의 이마빌딩이다. '말을 이롭게 한다'는 뜻의 이름은, 이곳이 지닌 오래된 기억을 조심스럽게 이어받은 흔적처럼 느껴진다.

건물 1층 로비의 한쪽 모퉁이에는 커다란 말 조각상이 서 있는데 이 조각상의 존재를 의식하고 지나치는 사람들은 많지 않아 보인다. 무심히 지나치면 장식처럼 보이지만, 이곳의 시간을 알고 나면 그 조형물은 과거를 환기하는 표식이 된다.

이마빌딩 로비 말 조각상

　광화문 세종대로에서 비교적 안쪽으로 자리 잡은 이마빌딩은 도심이지만 비교적 조용한 편이다. 1층 로비의 스타 박스 카페에서 커피를 마실 때면 이 자리를 스쳐 지나간 시간들이 자연스럽게 겹쳐진다. 조선을 설계했던 삼봉 정도전의 집과 말이 오가던 관청, 기마경찰대, 그리고 지금의 이마빌딩까지를 상상해 본다.

이마빌딩 로비 스타벅스 카페

삼봉 정도전은 조선 건국의 이념을 설계했지만, 그 이념을 끝까지
밀어붙일 힘은 갖지 못했다. 재상이 중심이 되는 정치, 제도가 왕권을
견제하는 구조를 꿈꿨던 그는 결국 이방원의 칼날 앞에 쓰러졌다. 그
의 집터는 철저히 해체되었고, 흔적은 다른 이름과 기능으로 덮였다.
권력은 그렇게 이전되고, 공간은 침묵 속에서 그 변화를 견뎌 왔다.

이마빌딩을 드나들며, 이 건물이 단순한 업무 공간이 아니라는 생각
을 자주 했었다. 콘크리트로 지어진 현대 건물이지만, 그 바닥 아래에
는 여전히 삼봉의 시간과 말발굽의 흔적, 그리고 권력의 흥망이 켜켜
이 남아 있는 듯했다.

익숙한 로비, 말 조각상, 커피숍의 자리까지 모두 일상이 되었지만, 가끔은 발걸음을 멈추고 이 자리가 품고 있는 이야기를 떠올리곤 한다.

도시는 늘 새로 지어지지만, 땅은 기억을 지운 적이 없다는 생각을 하게 되면서, 이마빌딩처럼 자주 드나드는 건물 하나에도 이렇게 많은 시간이 겹쳐 있다는 사실이, 이 도시를 더 천천히 바라보게 만든다.

# 2

# 청계천

청계천

명륜3가
삼청동길
궁정동
북촌 한옥마을
경복궁
연건동
동
재동
자동
송현동
운니동
원남동
해수동
경운동
수송동
봉익동
인의동
청계천
인사동
종로2가
종로3가
관철동
예지동
조교동
을지로1가
을지로2가
을지로3가
을지로4가
명동거리
저동2가
초동
오장
주자동
중구
남창동
남산동2가
필동3가
회현동1가
남산
예장동
장충동
동자동
N서울타워
남산 공원

청계천 산책 루트

# \# 천변 풍경

청계천 배오개다리

　매일 아침, 지하철 5호선을 타고 광화문역에 내리면 곧바로 사무실에 도착할 수 있지만, 두 정거장 먼저인 을지로4가역에서 내려 청계천으로 향한다. 을지로4가역 4번 출구의 에스컬레이터를 빠져나오면 포장마차처럼 생긴 작은 점포에서 늘 아주머니는 샌드위치를 만들고 있

**청계천 산책길**

고, 창경궁 앞까지 뻗어 있는 창경궁로를 따라 늘어선 공구 상가들이 아침 문을 열 준비를 서두르고 있다. 약 80m를 걸어가면 청계천 배오개다리가 나온다.

아침 햇살이 창경궁로의 건물 사이로 스며드는 시간, 도시의 소음과 먼지가 아직 잠에서 덜 깬 듯 조용히 깔려 있지만, 배오개다리 밑으로 연결된 계단을 따라 청계천으로 내려가면 물길 위로 반짝이는 햇살이 발걸음을 안내한다.

청계천 산책길은 청계천이 시작되는 광화문 쪽 청계광장을 향해 왼쪽과 오른쪽 두 갈래로 나뉘어져 있다. 왼쪽은 폭 2~3m의 우레탄 포장길이고, 오른쪽은 3~4m 폭의 콘크리트 포장 위에 도색만 한 산책로이다.

사람들은 각자 취향에 맞게 양쪽의 산책로를 선택해 걷거나 달리기를 한다. 이른 아침 청계천 산책로에서는 한국에 거주하는 외국인들과 한국의 젊은이들이 이 주로 조깅을 하고, 나이 든 어른들은 주로 아침 산책 겸 걷기를 하는 모습을 마주하게 된다. 또한 이 산책로를 이용해서 출근하는 직장인들도 종종 보인다.

매일 아침 청계천 길을 따라 달리다 보면, 마치 도시의 과거와 현재를 한 몸에 지닌 산책로 위를 지나는 느낌이 든다. 또한 매일 마주치는 청계천을 달리고 있는 외국인들을 보면서 어깨가 우쭐해지기도 한다.

청계천의 근대 풍경에 대해서는 1930년대 박태원이 쓴 소설 '천변풍경'에 잘 묘사되어 있어서 그 시절의 청계천 변 생활을 상상해 볼 수 있다.

박태원 장편소설 '천변풍경'

인도에 근무하는 동안 최명희 선생의 10권짜리 대하소설 '혼불'을 읽으면서 1930년대 남원의 상민 마을인 거멍굴 사람들의 풍경과 인도 뭄바이 슬럼가의 카오스 같은 풍경을 오버랩해 보곤 하였던 것처럼, 박태원의 '천변 풍경'은 1930년대 청계천 주변을 배경으로 삼아, 청계천 곁에서 살아가는 서민들의 모습을 파노라마처럼 펼쳐 보인다.

개발 이전 청계천 주변 풍경(서울특별시 홍보자료 사진)

변두리의 이발사, 점원, 작부, 엿장수, 가난한 학생들, 그리고 희망과 체념을 동시에 안고 살아가는 사람들의 이야기를 통해 박태원은 식민지 조선이라는 시대와 공간을 섬세하게 기록했다. 그의 시선은 어느 한 주인공에 고정되지 않고, 청계천이라는 공간을 따라 시선을 흐르게 하며, 각자의 생을 조용히 들여다본다.

2025년의 청계천 길을 걷는 동안, 마치 지난 1세기 동안의 인물들 뒤를 따르듯, 과거의 풍경을 현재 속에서 조용히 밟아 가고 있는 느낌이 든다. '천변 풍경'이 발표된 1930년대, 청계천은 아직 자연 하천이었다. 그러나 이미 오염이 시작되었고, 하천 주변은 도시 빈민과 서민들의 삶이 밀집된 공간이었다.

이런 공간은 소설 속 상상의 풍경이지만, 인도에서 6년 반 동안 살면서 실제 눈으로 매일 체험했던 그런 모습들일 것이다. 이후 해방과 전쟁, 그리고 산업화가 겹치며 청계천 일대는 더욱 복잡하고 혼란스러운 공간으로 변해 갔다.

1958년부터 복개가 시작되었고, 1976년에는 완전히 덮였다. 이 위에 1968년부터는 청계 고가도로가 놓이면서, 청계천은 도시 지도에서 사라진 듯 보였다.

청계천 고가도로(서울특별시 홍보자료 사진)

**청계천**

　하천은 도시의 뒤안길로 밀려났고, 콘크리트 구조물과 매연이 그 위를 점령했다. 그러나 이 복개와 고가도로는 단지 도시 공간의 재배치가 아니라, 근대화의 속도에 쫓긴 도시의 선택이자 압축 성장의 상징으로 보였다.

　한때 서울의 교통을 지탱했던 이 구조물들이 시간이 흐르며, 또다시 도시의 노후와 단절로 깨닫기 시작했고, 국민 소득이 높아지면서 이를 돌아볼 수 있는 여유를 찾게 되기 시작했다. 다행스럽게도 2003년, 서울시는 청계천 복원 프로젝트에 착수했다. 5.8km의 물길을 다시 열기 위한 이 작업은 기술적 난이도와 함께, 도시 정책, 역사, 시민의 정서까지 모두 고려해야 하는 복합적인 사업이었다.

복원 과정에서는 복개 구조물의 안정적 철거, 인공 수로 설계, 수질 관리, 하천 생태계 조성, 시민 접근성 확보 등 다양한 기술이 적용되었음을 간접적으로나마 청계천 복원 작업 보고서를 보고 알게 되었다.

청계천

도심 한가운데서 이 모든 것을 구현하는 일은 단순한 공사가 아닌, 도시 철학의 재편이었다. 복원 이후, 청계천은 생태 하천이자 역사 교육 공간, 시민 문화 공간, 도시 재생의 상징으로 자리 잡았다.

청계천 복원 프로젝트는 해외에서도 벤치마킹 대상이 되면서 서울 시민뿐 아니라, 세계 도시계획자들에게도 부러움의 대상이자 탐구의 대상이 되고 있다.

지금의 청계천은 단지 한때의 하천을 되돌린 것이 아니라 조선의 개천에서, 식민지 시대 서민의 삶터로, 산업화기의 뒷골목에서, 복원의 도시 상징으로 이어지는 시간의 층위를 간직한 공간이다.

매일 아침 청계천을 달리는 동안, 삼일교를 지나, 광통교와 장통교, 수표교를 거쳐 광화문까지의 짧은 구간 안에는 수백 년의 시간이 포개져 있다. 정조의 능 행차가 지나던 광통교에는 그 시절을 기리는 부조가 남아 있고, 수표교 아래 물고기들은 다시 도심 속 생태계를 이루며 유영하고 있다.

지금의 청계천을 아침마다 달리며 1930년대 박태원이 보았을 그 당시의 천변 풍경을 오버랩해 보면서 이처럼 급속하게 달라진 문명의 차이에 대해 생각해 본다.

청계천은 과거와 미래, 기술과 감성이 겹쳐진 도시의 살아 있는 풍경이다. 청계천을 따라 달리는 아침의 시간은 단순한 출근길이 아니라, 도시가 선택하고 회복해 온 구조를 천천히 읽어 내는 시간이 된다.

# # 청계천의 생물들

청계천의 아침은 물빛만큼이나 다양한 생명들의 움직임으로 깨어난다. 지상의 생물 중에 가장 흔하게 눈에 띄는 건 비둘기들이다. 그들은 다리 난간 위에서 꾸벅꾸벅 졸기도 하고, 때로는 다리 밑 그늘에서 물을 마시며 깃을 정리한다.

사람들의 발자국 소리에도 쉽게 놀라지 않고, 마지못해 푸드덕 날아오르면 그 잿빛 날갯짓이 도시의 차가운 공기 속에 짧은 생동감을 남긴다. 조금 더 걸음을 옮기면, 하얀 백로와 회색빛 왜가리가 천천히 물 위를 걷고 있다.

그들의 걸음은 조용하고 우아하다. 마치 시간을 더디게 흘려보내는 듯 가끔 고개를 깊이 숙여 물속을 엿보다가, 찰나의 순간에 부리를 번개처럼 내리꽂는다. 맑은 물이 튀고, 은빛 물고기 한 마리가 반짝이며 공중에 잠시 떠오른다. 그 짧은 생의 리듬 안에 자연의 질서가 고요히 깃들어 있다. 그리고 물가의 평온한 구석에는 청둥오리 한 쌍이 잔잔한 물결에 몸을 실어 유유히 흘러간다.

청계천 백로

청계천 청둥오리

푸른빛과 갈색이 어우러진 깃털이 햇살을 받아 금빛으로 번쩍인다. 그 평화로운 동행의 풍경이 마치 오래된 연인의 대화처럼 느껴진다.

사람들이 출근길에 바삐 걸음을 옮길 때에도, 청계천의 물길은 변함없이 흘러가고 그 위에는 비둘기들의 날갯짓, 백로의 기다림, 왜가리의 사색과 청둥오리의 유영이 겹겹이 펼쳐진다.

청계천의 얕은 수면 아래에서는 잉어들이 느릿하게 흐름을 가른다. 크지 않은 물살에도 몸을 맡기듯 미묘하게 방향을 바꾸며, 이끼 낀 돌판 바닥 위를 스치듯 지나간다. 눈에 띄게 화려하지는 않지만, 그 묵직한 움직임이 물길의 깊이를 차분히 드러낸다.

그 주변으로는 작은 물고기들이 무리를 이루어 재빠르게 오간다. 한순간 흩어졌다가 다시 모이고, 물속 수초 사이를 파고들며 빛과 그림자의 경계를 넘나든다. 잔잔한 수면 아래에서 만들어지는 그 미세한 움직임들이 살아 있는 결을 만들어 낸다.

잉어들의 느린 유영과 작은 물고기들의 분주한 움직임들이 한 화면 안에 겹치며, 청계천은 단순한 도심의 물길을 넘어 하나의 살아 있는 생태로 아침을 완성한다.

청계천 잉어 떼

# # 청계천 광통교

　매일 아침, 을지로4가역에서 내려 청계천 산책로로 발을 들이면, 도심의 공기 속에서도 계절의 숨결이 또렷하다. 차가운 공기를 가르며 물결 위로 아침 햇살이 반짝이고, 얕은 물살은 작은 잔물결을 일으키며 유유히 동쪽으로 흘러간다. 배오개다리에서 시작된 아침 출근길은 세운교, 관수교, 수표교, 삼일교를 지나 광통교로 향한다.

청계천 광통교

청계천 산책길 위에서 아침마다 마주치는 모습들은 언제나 새롭다. 서늘한 공기를 가르며 달려오는 외국인들, 그들의 밝은 운동복이 도시의 천변 풍경 속에서 한층 더 선명하게 빛난다. 리드미컬한 발걸음이 청계천의 물소리 위로 얹히며, 오래된 도시의 물길 위에 전혀 다른 박자를 만들어 낸다. 그들은 무슨 연유로, 이 낯선 도시의 이른 아침을 이렇게 달리고 있을까? 출장 중의 잠깐일 수도 있고, 타국에서 살아가는 이방인의 일상일지도 모른다.

그런 모습을 바라보다 보면 문득 해외 근무 시절의 기억들이 떠오른다. 중동의 두바이나 리야드, 서남아시아 뭄바이나 다카의 이른 새벽 낯선 거리의 냄새와 언어가 뒤섞인 공기 속을 달리던 그 시간들, 고향이 아닌 곳에서 외로움을 다독이던 그 산책길의 정적이 청계천의 물결과 겹쳐진다.

청계천 광통교 신덕왕후 정릉 석물 일부

광통교 아래를 지날 때면, 신덕왕후 강씨의 이야기가 물소리 속에서 은은히 떠오른다. 태조 이성계가 깊이 사랑했던 여인이지만, 그녀가 세상을 떠난 뒤에도 운명은 가혹하게 이어졌다. 태조가 남긴 왕권을 둘러싸고 왕자의 난에서 왕좌를 차지한 아들 태종 이방원은 정치적 위협과 불필요한 과거의 그림자를 제거하고자 했다. 그 과정에서 정동 언덕에 있던 신덕왕후의 정릉은 그의 눈에는 견디기 힘든 존재였고, 결국 정릉동으로 옮겨졌다. 무덤의 석물들은 해체되어 청계천의 돌다리 공사에 사용되었고, 일부는 오늘날 광통교를 받치는 기초가 되었다.

지금 광통교 아래로 흐르는 물소리를 들으면, 그 돌 하나하나에 깃든 한 시대의 사랑과 권력, 질투와 슬픔이 느껴진다. 왕의 사랑이 끝난 자리에서, 시대의 바람은 여인의 흔적을 도심 속 돌다리로 남겼다. 그 속을 스치며 걷는 이에게는 물길 위로 떠도는 여인의 숨결과 역사의 무게가 동시에 느껴진다.

세계 각지의 사람들이 함께 걷고 달리며, 600년 전 왕후의 흔적과 오늘의 서울이 같은 하늘 아래 이어진다. 가을 아침의 청계천은 그렇게, 과거와 현재, 낯섦과 익숙함이 한 물줄기처럼 흘러가는 서정의 길이다.

# 청계천 빛초롱 축제

아침 출근길, 청계천 배오개다리에서 물길을 따라 슬로 조깅을 시작하면 자연스럽게 광화문의 청계광장에 닿는다. 아직 도심이 완전히 깨어나기 전의 시간, 청계천은 가장 담백한 얼굴로 하루를 맞는다.

물은 낮은 소리로 흐르고, 다리 아래를 스치는 공기는 밤의 온기를 조금씩 식혀 보낸다. 발걸음과 호흡이 물소리와 섞이면서 시간은 시세가 아니라 몸의 리듬으로 흘러간다. 이른 아침의 청계천은 말을 아끼는 공간이다. 출근을 재촉하지도, 서두르라고 다그치지도 않은 채 그저 묵묵히 곁을 내어 준다.

연말을 맞아 청계천과 청계광장에는 '2025 서울빛초롱축제'가 한창이다. 청계천을 따라 광화문광장까지 이어진 빛 조형물들은 낮 동안에도 충분히 인상적이다. 색과 형태가 또렷한 조형물들은 물길 위에 놓인 전시물처럼 차분히 서 있고, 흐르는 물 위로 윤곽이 잔잔히 비친다. 아침에 달리며 스쳐 지나갈 때면, 이 계절이 연말임을 조용히 알려 주는 장식처럼 느껴진다.

그러나 해가 지고 조형물마다 불빛이 하나둘 켜지기 시작하면, 청계천은 전혀 다른 얼굴을 드러낸다. 빛은 단순한 장식이 아니라 공간의 공기가 되고, 물 위에 흔들리는 조명은 고정된 조형물마저 살아 움직이게 만든다. 다리와 난간을 따라 이어진 불빛은 청계천 전체를 하나의 긴 이야기처럼 엮어 놓고, 사람들의 발걸음은 자연스럽게 느려진다. 낮에는 '보는' 축제였다면, 밤에는 그 빛 속을 '걷는' 시간이 된다.

저녁 시간 청계천 빛 초롱 축제 조형물들

오늘 저녁에는 이 축제를 제대로 느끼기 위해 퇴근 후 딸과 아내와 함께 청계천을 걸었다. 같은 길이었지만, 가족과 함께한 야간의 청계천은 평소 혼자 달리던 아침과는 전혀 다른 온도를 지니고 있었다.

마치 빛 하나하나가 어린 시절 동화 속 장면처럼 다가왔고, 이제 장



종로 산책

년이 된 어른의 시선에서는 그 빛들이 한 해를 마무리하는 표지처럼 읽혔다. 웃음과 대화가 물소리 위에 겹쳐지며, 청계천은 개인의 사유 공간에서 가족의 기억이 쌓이는 장소로 변해 갔다.

청계천 빛 초롱 축제 조형물들

이 모든 풍경이 가능해진 것은 청계천이 복원되었기 때문이다. 한때 도로와 구조물 아래에 가려졌던 물길이 다시 드러나면서, 도시는 단순히 교통의 효율을 넘어서 사람의 시간을 품는 공간을 되찾았다.

만약 청계천이 여전히 덮여 있었다면, 아침의 조깅도, 밤의 산책도, 빛초롱 축제의 풍경도 존재하지 않았을 것이다. 이런 호사를 일상의 일부로 누릴 수 있다는 사실이 새삼 다행스럽고 고맙게 느껴진다.

더욱 뿌듯한 것은 이 공간이 이제 특정한 세대나 지역의 기억에 머무르지 않는다는 점이다. 빛초롱 축제가 열리는 청계천에는 외국인 관광객들도 자연스럽게 섞여 있었다. 서로 다른 언어가 오가지만, 빛과 물길 앞에서는 감탄의 표정이 비슷해진다. 청계천의 복원은 과거를 되살린 데서 그치지 않고, 서울이라는 도시를 세계와 공유할 수 있는 무대로 확장시켰다.

아침의 청계천이 하루를 정돈하는 공간이라면, 밤의 청계천은 하루를 되돌아보게 하는 공간이었다.

같은 물길, 같은 다리, 같은 길이지만, 시간과 동행이 바뀌자 풍경은 많이 다른 의미를 품었다. 또한 이 도시가 얼마나 많은 선택 끝에 지금의 모습을 갖게 되었는지 자연스럽게 떠올려 보았다. 그리고 그 선택 덕분에 이처럼 물과 빛, 사람과 기억이 겹쳐지는 청계천 길을 함께 걸을 수 있음에 감사하는 마음이 들었다.

청계천 빛 초롱 축제

# 청계천 삼일 빌딩

매일 아침 배오개다리에서 청계천으로 내려서면 자연스럽게 슬로 조깅을 시작한다.

물 흐르는 소리를 따라 몸이 풀리고, 몇 개의 다리를 지나며 호흡이 일정해질 즈음이면, 청계천의 풍경은 더 이상 배경이 아니라 하나의 지도가 된다. 좌우로 늘어선 건물들, 다리와 보행로의 굴곡, 햇빛이 드는 방향까지도 이제는 몸에서 기억하게 되었다.

매일 비슷한 속도로 달리다 보니, 청계천을 따라 서 있는 몇몇 이름 있는 건물들이 자연스럽게 거리의 기준점이자 이정표가 되었다. 그중에서도 가장 분명하게 시야에 들어오는 건물이 삼일 빌딩이다. 청계천 오른쪽으로 우뚝 솟아 있는 삼일 빌딩은 이제 조금만 더 가면 청계광장이 나온다는 안내판처럼 느껴진다.

삼일 빌딩은 한국 건축사에서 결코 가볍게 지나칠 수 없는 건물이다. 건축가 김중업이 설계하고, 1968년에 착공해 1970년 10월에 완공된 이 건물은 지하 2층, 지상 31층 규모로 당시 한국에서 가장 높은 빌딩이었다.

국내 최초로 커튼월 방식을 적용한 마천루였으며, 직선적이고 간결한 형태, 장식을 최대한 배제하고 기능을 전면에 내세운 모더니즘 건축의 성격이 분명하게 드러난다. 이 건물은 단순히 높았던 건물이 아니라, 한국 사회가 산업화와 도시화를 향해 본격적으로 속도를 올리던 시기의 건축적 선언에 가까웠다.

삼일 빌딩

지금은 삼일 빌딩보다 훨씬 높은 건물들이 도심 곳곳에 즐비하지만, 어렸을 적 기억 속의 삼일 빌딩은 전혀 다른 위상을 지니고 있다.

텔레비전 화면 속에 삼일고가도로와 함께 등장하던 그 모습은 '한국에서 제일 높은 건물'이라는 말 그 자체였고, 고도성장의 기세와 자신감을 상징하는 구조물처럼 보였다. 하나의 건물이 국가의 성장 서사를 대신 말해 주던 시절에, 삼일 빌딩은 그 중심에 서 있었다.

삼미그룹 사옥으로 시작해 산업은행 본점을 거쳐, 현재는 NH아문디자산운용에 매각되어 SK네트웍스 계열사들이 입주해 있다. 건물의 주인은 여러 차례 바뀌었지만, 도심 한복판에서 묵묵히 자리를 지켜 온 시간은 쉽게 지워지지 않는다.

2020년 KCC건설에 의해 리모델링 공사가 완료되며 외관은 한층 정제되고 깔끔해졌다. 노후함을 덮어 감추기보다는, 반세기 가까운 시간을 정리하고 다시 정돈한 인상에 가깝다. 새로워졌지만 낯설지 않고, 단정해졌지만 과하지 않다.

건설 엔지니어의 시선으로 삼일 빌딩을 바라보면, 이 건물은 단순한 랜드마크를 넘어선다. 커튼월이라는 새로운 기술을 도입하던 당시의 도전과 시행착오, 고층화라는 미지의 영역에 대한 실험, 그리고 산업과 금융, 도시 인프라가 동시에 성장하던 시기의 긴장과 기대가 이 건물의 구조 안에 고스란히 담겨 있어 보였다.

# 3

# 경복궁

경복궁(서울특별시 홍보자료 사진)

점심시간 경복궁 산책 루트

# # 가을에 찾은 경복궁

10월의 맑은 하늘 아래 광화문을 지나 경복궁을 다시 걸었다. 지난 10월 초 영국 일주 여행을 다녀온 이후, 모처럼 서울의 숨결 속으로 돌아온 고궁 산책이다.

런던의 버킹엄궁과 에든버러의 성벽을 떠올리며 경복궁 앞에 서니, 낯설게 느껴지던 시간의 간극이 오히려 따뜻하게 다가왔다. 여행의 여운이 아직 남아 있지만, 서울에서의 일상은 다시 경복궁으로 이어지고 있었다.

광화문 사무실에서 걸어서 5분 남짓이면 경복궁에 도달할 수 있지만, 궁궐 내에서의 시간을 늘리기 위해 '사랑 카페'에서 따뜻한 전통차 한 잔과 두텁떡으로 점심을 대신했다.

서울의 궁궐 내부에 있는 카페는 모두가 우리의 전통 가옥인 '사랑채'에서 유래한 '사랑'이란 이름으로 불리고 있다.

영국에서 많은 고성과 정원을 거닐었지만, 이렇게 가까운 궁궐 한켠에서 느끼는 평온함은 광화문에서 근무하는 직장인만이 누릴 수 있는 일상의 작은 행복이라는 생각이 들었다.

광화문 월대에서 벌어지는 수문장 교대식

경복궁 한복 입은 외국인들

경복궁은 그 어느 때보다 활기로 가득했다. 넷플릭스에서 방영된 '케데헌'의 인기와 그 여파로 한국의 전통문화가 진 세계적으로 조명받게 되면서, 외국인 관광객들이 눈에 띄게 늘었다. 특히 젊은 여행자들 사이에서는 드라마 속 전통 복식을 직접 체험해 보려는 열기가 뜨거웠다. 광화문광장부터 흥례문 앞까지, 사진을 찍고 웃음을 나누는 외국인들의 모습이 경복궁의 담장에 새로운 생기를 불어넣고 있었다.

경복궁은 조선의 법궁으로, 태조 이성계가 한양 천도와 함께 1395년에 세운 왕조의 상징이다. '큰 복을 누린다'는 뜻의 '경복'이라는 이름처럼, 오늘날에도 이곳은 서울의 중심에서 여전히 복되고 평화로운 기운을 품고 있었다.

**경복궁 향원정**

근정전의 용상 뒤편 일월오봉도의 장엄함, 경회루 연못에 비친 우아한 반영, 그리고 향원정의 정갈한 정원 풍경은 언제 보아도 새롭다. 외국 여행자들이 한복을 입고 이곳을 거닐 때, 그들은 단지 '옛 궁궐'을 보는 것이 아니라, 전통과 현대가 공존하는 서울의 특별한 리듬을 경험하는 것이라 생각되었다.

영국의 웅장한 성과 궁전도 인상적이었지만, 다시 걷는 경복궁의 돌계단과 기와지붕은 그 어느 때보다 친근하고 깊은 울림으로 다가왔다.



종로 산책

# # 경복궁 건청궁

오늘도 예전처럼 점심시간에 경복궁을 다녀왔다.  오늘따라 매표소에서부터 홍례문으로 들어가는 입구까지 긴 줄을 서서 입장을 기다리고 있었다.  경복궁에서 이처럼 긴 줄은 마치 프랑스 루브르 박물관이나 이탈리아의 명소 앞에서 입장을 기다리던 풍경을 떠올리게 했다. 그민큼 이제는 한국의 고궁을 찾는 외국인의 발길이 예전과는 비교할 수 없을 정도로 늘어난 것 같아, 오히려 긴 대기 행렬이 반가웠다.

경복궁 입장을 위해 늘어선 줄서기 행렬

특히 넷플릭스 '케데헌'의 인기로, 전통 건축과 궁궐 문화가 전 세계
적으로 알려진 덕분인지 외국인들이 'K-고궁'을 체험하려는 열기가 점
차 늘어가고 있는 게 실감이 날 정도였다.

경복궁은 북측과 서측, 동측에 또 다른 매표 입구가 있다. 긴 줄을 기
다리는 대신 경복궁 돌담길을 반 바퀴 돌아 청와대 입구와 마주 보고
있는 신무문으로 들어가서, 북에서부터 남으로 경복궁을 둘러보고 광
화문으로 나왔다.

오늘은 경복궁 중에서 신무문에서 가장 가까운 곳에 자리 잡고 있는
건청궁 일대를 천천히 둘러보았다.

건청궁

건청궁은 고종이 머물던 별궁으로, 궁중의 중심인 강녕전보다 한층

더 사적인 공간이다. 고종은 이곳에서 정사를 돌보고, 명성황후는 그 곁의 곤녕합에서 일상을 보냈다. 궁궐의 가장 안쪽, 가장 조용한 이곳이야말로 왕과 왕비의 실제 '생활의 궁궐'이었다.

건천궁의 처마에는 단청이 없다. 그것은 세월에 지워진 자국이 아니라, 애초에 단청 없이 지어진 내전의 본래 모습이다. 짙은 황토빛 목재의 결이 그대로 드러나고, 한낮의 가을 햇살이 기둥을 타고 내려와 은은한 따스함을 남겼다. 화려한 색채 대신 절제된 나무빛, 그 단정한 미감 속에 왕비의 품격이 고스란히 배어 있었다. 그러나 이 평온한 곤녕합의 공간은 조선의 비극을 품고 있었다.

**건청궁 곤녕합**

1895년 10월 8일 새벽, 일본 낭인들이 무장을 하고 경복궁으로 들이

닥쳤다. 그들은 건청궁으로 밀려들었고, 왕비의 행방을 추궁했다. 명
성황후는 이 건청궁 곤녕합 옥호루에서 참혹한 죽음을 맞이했다. 그날
새벽, 조선의 왕비와 함께 나라의 자존이 쓰러졌다. 지금의 건청궁과
곤녕합은 복원되어 다시 제자리를 지키고 있다.

　사람들은 잠시 발걸음을 멈추고, 이러한 사연을 소개한 안내판 글을
보면서, 이 고요한 공간이 지닌 이야기를 조용히 떠올리고 있었다.

건청궁 옥호루

　화려하지 않기에 더 깊은 아름다움, 그 절제의 공간이 품은 역사의
상흔이 지금의 경복궁을 조용하지만 분명하게 증언하고 있었다.

　경복궁의 가을은 여전히 아름다웠지만, 건청궁 곤녕합의 공간에 드
리운 시간의 그늘에는 나라의 운명을 안고 사라져간 한 여인의 그림자
가 아직도 바람결에 스며 있었다.

# # 경복궁 수정전, 사정전, 자선당

광화문 사무실에서 근무한 지도 어느덧 열 달째로 접어들었다. 아침에는 기온이 1도까지 내려가면서 겨울 날씨를 방불케 했으나 정오가 가까워지자, 차가웠던 공기 속으로 부드러운 햇살이 스며들었다. 한낮의 기온은 8도 남짓, 손끝에 닿는 햇살의 온기가 유난히 반가웠다.

점심시간마다 오가는 궁궐 산책은 이제 하나의 일상이 되있다. 처음엔 그저 도시의 번잡함을 잠시 벗어나기 위한 발걸음이었지만, 지금은 마치 소풍처럼 '오늘의 전각'을 정해 찾아가는 요령도 생겼다.

테마를 정하고, 사연을 찾고, 시간을 거슬러 역사 속 한 인물의 그림자를 따라 걷는 일, 그렇게 서울의 궁궐은 점심시간마다 조금씩 마음 속으로 스며들었다. 매주 월요일은 경복궁을 제외한 창덕궁, 덕수궁, 창경궁은 모두 문을 닫기 때문에 자연스레 경복궁으로 향했다.

오늘의 경복궁 동선은 서측의 수정전, 중앙의 사정전, 그리고 우측의 자선당으로 정했다. 우연히도 경복궁의 중간쯤에 이 세 전각은 좌측에서 우측으로 거의 비슷한 위치에 나란히 자리 잡고 있다. 세종에서 문종, 세조로 이어지는 조선 왕조의 굴곡진 한 장면이 이 세 전각에 고스란히 배어 있었다.

수정전은 본래 세종대왕 시절 집현전으로 쓰이던 곳이다. 학문과 정책, 그리고 이상을 논하던 조선의 두뇌였다. 세종이 밤샘 공부를 하던 신숙주를 찾아 어의를 덮어 주었다는 일화도 이곳에서 비롯되었다. 깊은 새벽, 왕이 신하의 방을 찾아 조용히 문을 여는 장면을 떠올리면, 권력과 인간 사이의 거리가 문턱 하나만큼 좁혀진 듯한 따뜻함이 느껴졌다.

지금의 수정전은 근대기에 잠시 왕비의 처소로 쓰이다가, 19세기에는 왕실 도서관이 되었다. 이름처럼, '물을 고이듯 마음을 맑게 다듬는 곳'이라는 뜻이 참 잘 어울렸다.

경복궁 수정전



종로 산책

사정전은 경복궁의 정전, 즉 공식 업무를 보던 중심 공간이다. 왕은 이곳에서 신하들의 조하를 받고 국정을 논했다.

종종 사극에서는 이 공간이 처절한 고문 장면의 배경으로 등장하곤 하지만, 실제로는 정제된 예법과 의식의 장소였다. 다만 세조 때, 역모 사건으로 불리는 사육신의 옥사가 벌어졌던 시기, 이 주변이 피로 얼룩 졌다는 역사적 맥락 때문에 그런 이미지가 덧씌워진 것일지도 모른다.

햇살을 받은 기와지붕 아래, 세조의 단단한 얼굴과 사육신의 결연한 눈빛이 잠시 교차했다. 오늘의 평온한 궁궐 풍경은, 그 아픈 역사를 정 성스레 감싼 채 고요히 시간을 품고 있었다.

경복궁 사정전

자선당은 조금 더 개인적인 이야기의 공간이다. 문종이 세종의 맏아들로서 세자 시절 무려 28년 동안 머물던 곳이다. 유약하지만 총명했던 그는 오랜 기다림 끝에 왕위에 올랐으나 단 2년 만에 병으로 세상을 떠났다. 이후 어린 단종이 즉위했으나, 세조의 손에 왕위를 빼앗기며 조선의 비극적 왕조사가 이어진다.

자선당의 마루 앞에 서니, 그 오랜 세월 세자 신분으로 머물며 느꼈을 문종의 조용한 슬픔이 바람처럼 스쳐 지나갔다. 그가 조금만 더 건강히 오래 살았다면, 단종의 비애도, 세조의 왕위 찬탈도 없었을지 모른다. 역사의 흐름은 늘 냉정하지만, 이곳 자선당 마루 앞에서 잠시 그런 '다른 조선'을 상상해 보았다.

**경복궁 자선당**

짧은 점심시간, 이러한 조선 왕조의 사연들을 뒤로한 채 다시 광화문을 향해 걸음을 돌렸다.

경복궁 궁궐의 남쪽 끝 담장을 벗어나니, 광화문 월대 앞으로 차들이 달리고, 광고 전광판들이 반짝이는 건물들이 줄지어 서 있지만 수정전의 고요와 자선당의 바람은 쉽게 사라지지 않았다.

도시의 시간은 늘 앞을 향해 달려가지만, 궁궐의 시간은 여전히 뒤를 돌아본다. 이 두 시간이 교차하는 지점에서, 오늘도 잠시 멈춰 서서 '서울이라는 오래된 책'을 또 한 장 넘겼다.

# # 경복궁 디테일

점심시간 산책으로 경복궁을 찾은 지도 올해에만 열네 번째가 되었다. 궁궐은 이제 낯선 공간이 아니라 하루의 틈을 잠시 맡길 수 있는 장소가 되었다. 그중에서도 오늘은 경복궁의 크고 웅장한 전각보다, 일부러 고개를 낮추고 걸음을 멈춰야만 보이는 디테일들을 찾아서 시간을 보냈다.

경복궁 영제교

가장 먼저 오래 머문 곳은 경복궁 금천교인 영제교였다. 다리 위에 서면 근정전이 정면으로 열린다. 다리를 건너는 순간, 시야가 트이고 공간의 성격이 완전히 달라진다. 불과 몇 걸음의 거리지만, 그 안에는 조선이 만들고자 했던 권위와 질서, 그리고 미학이 응축되어 있다. 조선의 다섯 궁궐에는 어김없이 금천교가 놓여 있다.

궁궐의 첫 문을 지나 다음 공간으로 들어가기 전, 반드시 한 번은 건너야 하는 다리인 금천교는 물을 건너기 위한 구조물이 아니라, 속세와 왕의 공간을 가르는 경계의 장치였다. 눈에 보이는 물보다 눈에 보이지 않는 질서와 위계를 건너는 다리였다.

영제교 난간 위에는 천록상이 앉아 있다.

**영제교 천록상**

사슴의 몸에 용의 얼굴을 한 상상의 동물로 사악한 기운을 막고, 나라의 태평을 기원하는 존재이다. 조각은 크지 않지만, 다리 위에 서서 천록상을 바라보면서 이 공간이 단순한 동선이 아니라는 사실을 다시 깨닫게 되었다.

왕과 신하, 정무와 일상, 속됨과 성스러움 사이에는 물이 흐르고, 그 위에 이런 상서로운 존재들이 자리를 지키고 있었다는 사실이 새롭게 느껴졌다.

금천교는 중앙이 가장 높게 되어 있어서, 걷는 이의 시선이 자연스럽게 위로 향하게 했다. 아무 생각 없이 건너가더라도 어느새 자세가 바르게 고쳐지고, 걸음은 느려지도록 만들었다.

몸이 먼저 공간의 규범을 알아차리도록 했던 것이다. 머물라고 만든 다리는 아니지만, 서서히 걷게 만들고, 고개를 들게 하고, 말을 줄이게 만든 의도가 있었다. 그래서 조성 궁궐의 금천교는 건너는 구조물이 아니라, 마음을 가다듬는 장치로 이해되었다.

궁 안쪽으로 들어가니, 교태전 뒤편 아미산이 모습을 드러냈다. 인위적으로 쌓아 올린 작은 동산 위에는 네 개의 굴뚝이 서 있었다. 교태전 아미산 굴뚝은 실용을 넘어선 장식의 정점이다. 굴뚝의 벽면에는 십장생과 길상무늬가 촘촘히 새겨져 있고, 연기를 내보내는 기능조차 미학의 일부였다.

왕비의 공간 뒤편에 이렇게 섬세하고 화려한 장치를 숨겨 두었다는 사실은, 조선이 사적인 공간의 품격을 얼마나 중시했는지를 말해 주고 있었다.

**교태전 뒤편 아미산 굴뚝**

　마지막으로 발길이 닿은 곳은 자경전의 꽃 담장이었다. 담장은 높지 않고, 화려하지도 않았다. 하지만 벽돌과 기와로 이어진 담 위에는 꽃과 덩굴, 박쥐와 문자문이 리듬처럼 이어졌다.

　권위를 드러내기보다는 삶의 안온함과 복을 기원하는 상징들이 담장 위에 조용히 놓여 있었다. 자경전이 대비의 거처였던 공간이라는 사실을 떠올리니, 이 담장은 장식이 아니라 배려처럼 느껴졌다.

　경복궁을 여러 번 다니다 보니, 궁궐은 한 번에 읽히는 공간이 아니라는 생각이 들었다. 전각들도 기억에 남지만, 더 오래 남는 것은 이런 디테일들이었다.

자경전 꽃 담장

다리 위의 천록상, 굴뚝에 새겨진 문양, 담장에 반복되는 꽃의 형상들 모두 크게 소리 내지 않지만, 분명한 의미를 품고 자리를 지키고 있었다.

오늘은 경복궁의 영제교를 건너며, 아미산 굴뚝을 바라보고, 자경전 담장 앞에서 시간을 보냈다. 이곳은 단지 지나가는 공간이 아니라, 시간을 천천히 건너도록 설계된 장소라고 경복궁의 디테일들은 말해 주고 있었다.

# 4

# 덕수궁

서울시청사 15층 라운지에서 내려다 본 덕수궁 전경

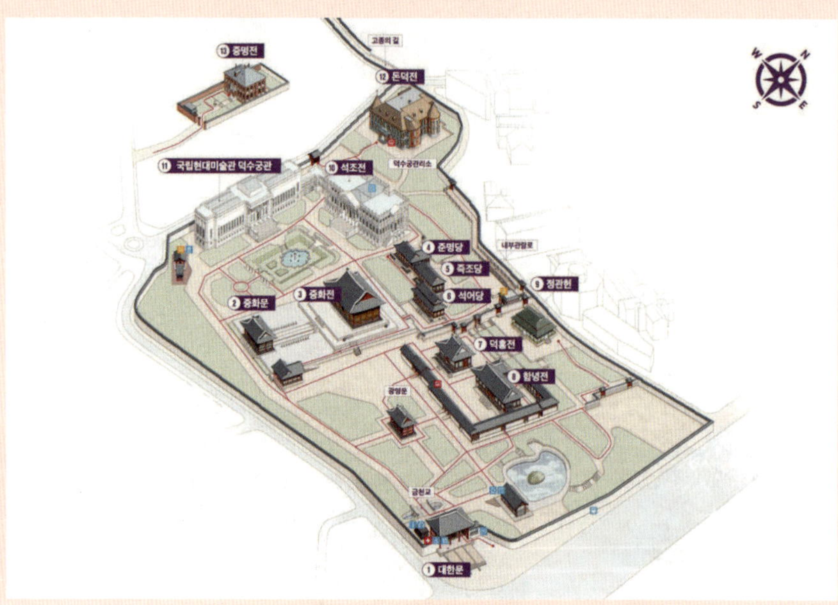


덕수궁 안내도(국가유산청 궁능유적본부 홍보자료 사진)

점심시간 덕수궁 산책 루트

# # 덕수궁 산책

오전 근무를 마치고, 사무실 건물의 출입문을 나서니 한여름 햇빛이 빌딩 사이로 쏟아졌다. 식당가가 있는 대우빌딩의 지하로 내려가는 계단 입구에서 차가운 공기가 새어 나왔다. 한낮의 열기 속에서 그 바람은 마치 작은 오아시스처럼 느껴졌다.

지하 식당에서 간단히 식사를 마치고 건물 밖으로 나오니, 건물 밖에는 여전히 열기가 살아 움직이는 듯 후끈 달아오르고 있었다. 사무실 주변의 직장인들은 점심 식사를 위해 각자의 목적지를 향하고 있었다.

종로는 세종대로 네거리와 만나면서 새문안로로 이름이 바뀌어 서대문 쪽으로 뻗어 있다. 사무실에서 덕수궁 쪽으로 갈 때는 보통 오만 대사관이 있는 새문안로3길을 따라 걷다가 새문안로 큰길을 건너 옛 덕수궁 터의 흥덕전 복원 공사가 벌어지고 있는 덕수궁길을 이용하거나, 새문안로 큰길을 좀 더 걸어 올라가다가 경향신문 사옥이 있는 정동길을 이용하는데, 오늘은 덕수궁 서편 골목길인 덕수궁길을 이용해서 걸었다. 이 길은 덕수궁 서편으로 이어지면서 정동길과 만나게 된다.

　골목 사이로 스며드는 바람이 땀방울 사이를 스치고, 붉은 벽돌의 정동교회 첨탑이 하늘 위로 고개를 내밀고 있었다.

　덕수궁길과 정동길이 만나는 작은 광장을 끼고 좌회전해서 덕수궁 돌담길로 발걸음을 옮기니, 부드러운 곡선의 담장이 길을 안내했다. 회색 담 너머로는 궁궐의 고요가 감돌고, 길 건너편으로는 오래된 가로수가 그늘을 만들어 주고 있었다.

　점심시간 산책을 나온 직장인들이 대부분이었지만, 외국인 관광객들도 어우러져 이 길을 채우고 있었다.

　덕수궁 돌담길을 따라 걷다 보니, 한낮의 햇빛도 한결 부드럽게 느껴졌다.

　돌담길 끝에서 방향을 왼쪽으로 틀어 대한문 안으로 들어갔다. 곧장 중화문을 지나 덕수궁의 정진인 중화전으로 향했다.

덕수궁 중화전

중화전은 고종 황제가 정사를 보던 법전으로, 궁궐의 중심 공간답게 지붕 위로 얹힌 기와와 다채로운 단청이 조정의 넓은 뜰을 압도했다. 정면에 드리운 계단과 돌난간, 그리고 그 위로 정갈하게 배열된 기둥들이 권위와 품격을 동시에 드러내고 있었다.

중화전 오른편에는 덕홍전과 함녕전이 자리하고 있었다. 함녕전은 고종의 침전으로 사용된 건물로, 외부는 단아하고 내부는 은은한 목재의 질감이 돋보였다. 침전 주변으로는 작은 뜰이 펼쳐져 있었고, 한 여름의 꽃과 나무가 서로 다른 색채를 입혀 공간에 생기를 더하고 있었다. 함녕전 뒤편으로는 왕실 생활의 자취가 묻어나는 부속 건물들이 아담하게 이어져 있었다.

덕수궁 함녕전

정전인 중화전을 중심으로 뒤편에 석어당이 있고, 오른쪽에 덕홍전과 함녕전, 그리고 왼쪽에는 전혀 다른 느낌의 석조전과 국립현대미술관 건물이 있어서 다른 궁궐에 비해 특히 덕수궁에 올 때는 둘러보는 동선이 일정치가 않다.

덕수궁 석조전은 르네상스 양식을 기반으로 한 3층 석조 건물로 20세기 초 대한제국의 근대화 의지를 상징한다. 고전적인 기둥과 섬세한 장식, 넓은 창문이 서양식 궁전의 위엄을 풍기며, 지금은 대한제국 역사관으로 활용되어 고종과 왕실의 근대사를 전하고 있었다. 석조전 앞의 잔디광장은 덕수궁에 올 때마다 사진에 담는 단골 촬영 포인트가 되었다.

덕수궁 석조전

여름철에 덕수궁을 찾아오면 개인적으로 좋아하는 공간이 있다. 덕수궁 대한문 왼쪽에 있는 조경이 곱게 가꾸어진 작은 연못과 사랑 카페이다. 궁궐의 전각들을 둘러본 뒤, 더위를 식힐 겸 사랑 카페 안으로 들어서니, 연못 정원이 한 폭의 그림처럼 유리창 너머로 펼쳐졌다.

시원한 아이스 유자차를 주문한 뒤, 연못의 풍경이 가장 잘 보이는 창가 자리에 앉았다. 한여름의 햇볕 아래 고궁을 거닐며 쌓였던 생각들은 차가운 잔 표면을 타고 흘러내리는 물방울처럼, 말없이 그리고 자연스럽게 가라앉고 있었다.

덕수궁 사랑 카페 앞 정원

휴식을 마치고 다시 대한문을 통해 궁궐 밖으로 나오니, 시청 앞 광장이 탁 트인 시야로 맞아 주었다.

# 덕수궁 석어당

오늘은 점심 식사를 생략하고, 새문안로 5가에 있는 사무실을 나와서 곧바로 산책 목적지인 덕수궁 석어당을 향해 발걸음을 옮겼다.

강북삼성병원 앞 횡단보도를 건너 정동길로 들어서니, 오전 근무를 마친 직장인들이 점심 식사를 위해 삼삼오오 총총걸음으로 맛집을 찾아 이동하는 모습들이 정겨워 보였다. 정동길을 따라 시청 쪽으로 천천히 내려가니, 어느새 덕수궁 돌담길이 부드럽게 모습을 드러내고 있었다.

이 길은 사계절 내내 고유의 멋을 간직하고 있지만, 늦가을의 돌담길은 그중에서도 가장 빼어난 풍경을 선사한다. 붉게 물든 단풍잎이 담장 위로 흩날리고, 노란 은행잎이 발끝에서 바스락거리며 계절의 마지막 숨결을 전하고 있었다.

한낮의 햇살은 덕수궁 돌담 위로 부드럽게 내려앉고, 노란 은행잎이 흩날리는 길 위에서는 일상과 여행, 일과 휴식이 자연스럽게 섞여 있었다. 이처럼 덕수궁 돌담길의 늦가을은, 잠시 도시의 분주함을 품은 채 한 폭의 풍경처럼 고요히 이어졌다. 그 길을 따라가며 자연스레 대한문 안으로 들어갔다.

덕수궁 돌담길

덕수궁 내부 대한문에서 석조전으로 향하는 길



종로 산책

오늘의 목적지인 석어당은 중화전 오른쪽에 위치하고 있었다. 단청을 하지 않은 채 나무 본래의 색과 질감을 그대로 드러낸 이 건물은, 다른 궁궐 전각들과는 다른 담백한 아름다움을 품고 있었다.

가까이 다가서니, 처마의 곡선과 기둥의 목재 결이 만들어 내는 조형미가 눈에 들어왔다. 단청이 없는 대신 빛과 그림자가 만든 미묘한 색의 층위가, 세월의 흔적과 함께 고요한 품격을 더해 주고 있었다.

**덕수궁 석어당**

내부는 침전으로 사용된 공간답게 단정하고 실용적인 구성을 하고 있었고, 여전히 옛 기단과 마루의 형태에서 고궁의 격식을 느낄 수 있었다.

나무의 결이 그대로 드러난 기둥과 대들보는 세월의 색을 머금고 있었고, 단청 대신 드러난 목재의 표면은 담백하면서도 묵직한 아름다움을 전해 주고 있었다.

지붕 위로 가을 햇살이 내려앉자, 그 음영이 마치 노인의 주름처럼 세월의 깊이를 드러내는 듯했다.

덕수궁 석어당 내부

그러나 이곳의 고요는 단순한 평화가 아니었다. 광해군 즉위 이후, 선조의 계비였던 인목대비는 반역의 누명을 쓴 부친 김제남 일가의 멸문과 함께 이곳에 유폐되었다.

어린 아들 영창대군은 강화도로 유배되었고, 그곳에서 방에 불을 지펴 찜통처럼 만든 곳에 갇혀 증살당했다. 일곱 살의 생이 그렇게 끝났다. 그 비보가 전해지던 날, 인목대비는 이 석어당 안에서 아들의 이름을 부르며 통곡하였다고 한다.

단청 하나 없는 이 전각의 담백함은, 어쩌면 그녀의 절망과 체념이 스며든 흔적처럼 느껴졌다. 화려한 색채를 지워 버린 이 공간은 왕조의 권력과 인간의 고통이 교차하던 침묵의 방이었다.

세월이 흘러 인조반정이 일어나자, 권력의 주인이 뒤바뀌었다. 광해군은 폐위되어 죄인의 옷차림으로 끌려왔고, 바로 이 석어당 앞에서 인목대비 앞에 무릎을 꿇었다. 한때 왕이었던 사내와 아홉 살 연하의 계모, 그 사이에 흘러간 세월의 무게와 침묵은 이 전각의 목재 속에 아직 남아 있는 듯했다.

단청이 사라진 짙은 갈색의 나뭇결은 화려함 대신 진실을 품고 있었다. 권력의 덧없음과 인간의 슬픔이 남긴 깊은 흔적을 말해 주는 듯했다.

돌담길에서 시작된 한낮의 짧은 여정은 그렇게 석어당의 침묵으로 마무리되었다. 역사는 결국 사람의 마음과 함께 남는다는 진리를 단청 하나 없는 전각 앞에서 다시금 깨닫게 했다.

# 덕수궁 중명전

점심시간에 여행을 떠나듯 설레는 마음으로 발품을 팔아 종로의 구석구석을 찾아 발걸음을 옮기는 일들이 작은 일상이 된 지도 어느덧 7개월이 되었다.

오늘은 점심시간에 덕수궁 돌담길, 정동길, 고종의 길과 덕수궁 중명전을 둘러보았다. 덕수궁 주변에는 젊은 직장인들이 오전의 치열했던 근무에서 벗어나 점심 맛집을 찾아가고 있었다.

'정동'이라는 이름은 본래 태조 이성계의 계비인 신덕왕후 강씨의 정릉에서 비롯되었다. 조선이 개국하자 태조는 신덕왕후를 극진히 애도하며, 그녀가 세상을 떠난 1396년에 지금의 덕수궁 서쪽 언덕에 정릉을 조성하였다. 이로 인해 능 주변 일대가 정릉이 있는 고을이라는 뜻으로 불리면서 자연스럽게 '정동'이라는 지명이 굳어졌다고 한다.

그러나 정권이 태조의 둘째 아들인 태종으로 넘어가면서 상황이 달라졌다. 태종은 왕위 계승 과정에서의 갈등과, 신덕왕후가 낳은 방석을 태조가 후계자로 삼으려 했던 과거를 경계하였고, 결국 그는 정릉을 한양 도성 밖으로 옮길 것을 명하였다.

1409년인 태종 9년에 정릉은 지금의 성북구 일대로 이전되었고, 그곳이 이후 '정릉동'이라 불리게 되었다. 이 과정에서 덕수궁 서쪽 언덕에 있던 본래의 정릉 터는 사라졌지만, '정동'이라는 이름은 그대로 남아 오늘날까지 이어지고 있다. 반면에 옮겨간 능 자리의 지명은 새롭게 정착되어 지금의 '정릉동'이 되었다.

정동길

정동교회, 정동극장, 배재학당, 구 러시아 공사관 터와 같은 장소들은 한 세기 전 이 땅에서 벌어진 굴곡진 역사를 고스란히 담고 있었다.

이러한 정동길은 지금도 서울 시민들에게 뿐만 아니라, 외국 관광객들에게도 사랑받는 특별한 공간이 되었다. 역사와 문화가 층층이 쌓인 길이 단순한 도심 산책로를 넘어, 한국을 대표하는 아름다운 길로 자리매김한 것 같다.

오늘은 특별히 정동극장 왼쪽의 좁은 골목으로 발길을 틀어, 평소라면 그냥 지나쳤을 법한 길 안쪽으로 조금 더 들어가 보았다. 골목이 끝날 즈음, 시야가 열리며 넓은 잔디 정원이 모습을 드러내고, 그 앞에 붉은 조적식 건물 중명전이 홀연히 서 있었다.

붉은 벽돌로 단정하게 쌓아 올린 중명전은 겉모습만으로는 소박하고 차분했지만, 그 안에 담긴 시간은 결코 가볍지 않았다. 내부 전시실에는 이완용을 비롯해 이지용, 박제순, 권중현, 이근택 등 이른바 을사오적의 밀랍 인물상이 당시의 회의 장면을 그대로 재현하고 있었다.

덕수궁 중명전

둥근 탁자를 둘러싼 인물들의 표정은 굳어 있었고, 그 침묵 속에는 한 나라의 운명이 거래되던 순간의 무게가 고스란히 배어 있었다.

유리 진열장 너머로 바라본 장면이었지만, 을사늑약이 체결되던 그날의 비극과 치욕은 생각보다 훨씬 생생하게 다가왔다. 이 공간이 단순한 전시관이 아니라, 잊지 말아야 할 기억의 장소라는 사실을 새삼 실감하게 했다. 잔디 정원을 다시 가로질러 나오며, 오늘의 평온한 산책길 아래 겹겹이 쌓인 시간과 역사, 그리고 그 책임이 여전히 현재형으로 남아 있음을 조용히 되새겨 보았다.

# 5

# 창덕궁

덕궁 전경(국가유산청 궁능유적본부 홍보자료 사진)

창덕궁 안내도(국가유산청 궁능유적본부 홍보자료 사진)

점심시간 창덕궁 산책루트

# # 창덕궁 대조전

어제 유튜브에서 '벌거벗은 세계사' 재방송을 보게 되었다. 숙종과 인현왕후, 그리고 장희빈, 조선 궁중의 사랑과 권력이 가장 치열하게 맞부딪혔던 세 사람의 이야기였다. 강사의 생생한 설명 속에서 화려한 비단 뒤편에 숨은 욕망과 질투, 그리고 냉혹한 정치의 그림자가 다시 떠올랐다. 수백 년이 흘렀지만, 인간의 감정은 여전히 그 시대의 공기를 품은 채 살아 있는 듯했다.

창덕궁 대조전

오늘은 점심시간에 그런 비운의 인현왕후를 생각하며, 그녀의 처소였던 창덕궁 대조전을 목적지로 정하고 곧바로 창덕궁으로 향했다.

가을의 궁궐은 외국인들의 다양한 한복 색과 담장 너머 단풍이 함께 불꽃처럼 타오르고, 오후의 햇살에 부드럽게 흔들렸다. 케이 콘텐츠의 인기와 함께 서울의 고궁들은 어느새 '케데헌'이라 불릴 만큼 세계적인 문화의 무대가 되면서 외국인들로 붐볐다.

한복을 입고 갓을 쓴 외국인들이 기와 담장 사이를 걸으며 웃는 모습은 시간이 교차된 장면처럼 낯설고도 아름다웠다. 그들 사이를 지나며, 천천히 대조전으로 향했다.

창덕궁을 둘러보는 한복 입은 외국인 관광객들

대조전은 왕과 왕비가 거처하던 공간으로 인현왕후가 머물렀던 곳이자 그녀가 폐위된 후 장희빈이 대신 들어와 중전의 자리를 차지했던 곳이다. 복원된 전각은 단정하고 고요했지만, 마루 끝에는 여전히 긴장된 기운이 맴돌았다. 이곳에서 인현왕후는 병든 몸으로도 예를 다해 왕실의 품격을 지키려 했다. 사랑받지 못하는 왕비의 고독 속에서도, 그녀는 조용히 제자리를 지키며 자신을 잃지 않았다. 전각을 받치고 있는 기둥 사이로 스며드는 오후의 햇살은 마치 그 단아한 마음을 어루만지듯 부드럽게 전각 안을 비추고 있었다.

창덕궁 대조전 내부

한때 이 궁궐을 가득 채웠던 사랑과 질투, 기쁨과 눈물의 시간들이 이제는 고요한 궁궐의 바람 속에 조용히 남아 있는 듯했다.

# # 창덕궁 낙선재

점심시간에 창덕궁으로 갈 때는 걸어서 가기도 하지만, 궁궐 내부에서 시간을 더 보내고 싶을 때는 따릉이를 타고 이동한다. 사무실 근처에서 약 2.1km 떨어진 창덕궁까지 율곡로를 따라 따릉이를 타고 약 15분 정도 이동하면 정문인 돈화문 근처에 다다른다. 지금은 돈화문 주변을 새롭게 단장하는 공사 중이라서 서쪽의 금호문이 임시 출입문으로 사용되고 있다.

금호문을 지나 창덕궁 안으로 들어서는 순간, 바깥의 시간은 잠시 멈추고, 고요한 600년의 시간이 대신 흐르기 시작했다.

점심시간을 쪼개 30분 남짓 궁궐 안을 거닐고, 다시 따릉이를 타고 돌아오면 빠듯하게 1시간 안에 모든 여정이 마무리된다. 오늘로 창덕궁은 8번째 방문이다. 이제는 창덕궁도 경복궁이나 덕수궁처럼 '점심 산책로'이자 즐겨 찾는 도심 속의 정원이 되었다.

창덕궁은 조선 제3대 임금 태종이 1405년에 창건한 궁이다. 경복궁이 왕권의 상징이라면, 창덕궁은 자연과의 조화를 추구한 실용의 궁궐이었다. 임진왜란으로 경복궁이 불타 폐허가 된 뒤, 선조 이후의 왕들이 이곳에서 정사를 보며 270년 가까운 세월을 이어 갔다.

조선이 가장 오래 머문 궁궐이라는 별칭이 괜히 붙은 것이 아니다. 그 진면목은 후원에 있다. 부용지와 애련지, 존덕정으로 이어지는 길은 인공의 손길보다 자연의 흐름에 따라 조성되었다. 부용정의 연못 위로 비치는 하늘빛은 계절마다 색이 달라지고, 주합루의 2층 누마루에서는 정조가 신하들과 시문을 나누며 정치를 논했다고 전해진다. 왕이라 할지라도 이곳에서는 잠시 권력을 내려놓고 자연 앞에 서고자 했으니, 후원이 '비원'이라 불렸던 이유를 짐작할 만하다.

**창덕궁 낙선재**

창덕궁에는 역사 못지않게 인간적인 이야기도 스며 있다. 인목대비가 갇혀 지냈던 대조전은 조선 정치사의 비극을 상징하고, 낙선재는 대한제국의 마지막을 지켜본 공간이다. 특히 낙선재는 창덕궁 깊숙한 곳에 자리한, 단청 없는 전각으로 유명하다. 다른 궁궐 건물이 화려한 색으로 치장된 것과 달리, 낙선재는 나무 본래의 결을 고스란히 드러낸다.

세월이 새긴 옹이와 결의 그림자는 단청보다 더 깊은 품격을 보여 주고 있었다. 낙선재는 목재의 촘촘한 창살과 그 위에 덧댄 하얀 한지가 햇빛을 부드럽게 걸러 내고 있었다.

**창덕궁 낙선재 창호 디테일**

우리 조상들은 이 얇은 종이 한 장으로 빛과 바람을 다스렸다. 한지는 단순한 장식이 아니라, 바람을 막으면서도 숨길을 만들어 내는 과학이자 미학이었다. 그 창호를 바라보면서, 어린 시절의 기억이 떠올랐다.

겨울이 다가오면 시골집에서 낡은 창호지를 걷어 내고 새 한지를 붙이던 기억이 선명하다. 할머니와 함께 한지에 풀칠을 한 뒤, 조심스레 창살 위에 바르면 종이가 마르면서 팽팽해지는 모습을 신기하게 바라보곤 했었다. 세월이 지나 낙선재 앞에 선 지금, 그 기억은 낡은 창호의 빛과 겹쳐졌다.

헌종이 지은 낙선재는 궁궐 안에서도 특별히 소박하고 정갈한 공간이다. 낮은 처마 밑으로 바람이 드나들고, 창살을 통과한 햇살이 마루 위에 그림자를 드리우고 있었다.

창덕궁 낙선재 내부

단청 대신 드러난 목재의 색감은 고요한 무늬처럼 퍼져 나가며, 권위의 전각이 아니라 누군가의 삶과 사색이 깃든 집이라는 사실을 일깨워 주었다.

덕혜옹주는 이곳에서 생의 말년을 보냈다. 아버지 고종과 오빠 순종을 떠올리며 창살 너머로 하늘을 바라보았을 그녀의 마음을 상상해 보았다.

낙선재는 그녀에게 비극의 무대가 아니라, 마지막으로 마음을 붙일 수 있었던 안식처였을 것이다.

짧은 점심 산책이지만, 창덕궁의 돌길을 밟을 때마다 몇백 년 전의 시간 속을 거닐게 된다. 율곡로의 교통 소음이 담장 너머로 아득히 들리다가도, 후원 깊숙이 들어서면 새소리와 바람 소리만 남는다.

창덕궁은 단순한 역사 유적이 아니라, 시간의 틈새에 숨은 쉼표 같은 공간이다. 궁궐을 '방문'한다기보다 '들른다'는 표현이 더 어울릴 만큼, 이곳은 일상 속의 한 장면이 되었다. 같은 길을 걸어도 다른 빛과 다른 바람이 맞이해 주기에, 창덕궁은 여러 번 찾아왔지만 늘 새롭고, 늘 고요했다.

# # 창덕궁 후원

토요일인 오늘은 창덕궁 후원을 미리 예약해서 아내와 창덕궁과 창덕궁 후원을 함께 둘러보았다. 점심시간이 아닌 시간에 아내와 함께 고궁을 둘러보는 건, 지난 11월 7일 퇴근 후 덕수궁의 야경을 둘러본 이후 오늘이 두 번째이다.

첫눈이 내린 창덕궁 후원

2일 전에 첫눈이 내린 뒤, 서울의 도심은 마치 얇은 흰 종이를 한 겹 덮어 놓은 듯 잔설이 군데군데 남아 있었다. 주중의 분주함과는 다른 한 줄기의 여유가 도시에 가만히 내려앉은 토요일 오전이었다. 창덕궁 후원으로 향하는 길에 차가운 공기 사이로 겨울 햇살이 비스듬히 스며들어 희미하게 반짝이는 눈의 결을 드러냈다. 아내와 손을 맞잡고 걷는 고궁의 길은 평일 점심시간 급히 걸음을 옮기던 때와는 전혀 다른 풍경이었다.

시간이 넉넉하게 흐르니 하나의 문, 하나의 돌길, 나뭇가지 하나하나가 더 또렷이, 더 섬세하게 보였다. 창덕궁 본궁을 지나 후원 입구에 들어서자 숲에서 뿜어져 나오는 차가운 공기와 수백 년의 고요가 섞여 마치 도시의 시간과 단절된 다른 세계로 넘어온 듯한 느낌이 들었다.

창덕궁 후원 관람정과 승재정

창덕궁 후원은 비원으로 알려져 있다. 본래 '비원'이라는 이름은 조선 후기에 민간에서 붙인 명칭으로, 궁중에서는 단순히 '후원' 또는 '북원'이라 불렸다.

이 정원은 1405년 태종이 창덕궁을 조성하면서 함께 만들어졌으며, 왕실의 은밀한 휴식처이자 교양 공간으로 활용되었다. 서울 중심에 있으면서도, 내부로 들어서면 외부 세계와 철저히 단절된 듯한 고요함과 깊은 숲의 분위기가 인상적이다.

궁궐 건축과 달리 자연을 거스르지 않고, 오히려 자연의 지형과 숲, 물길을 그대로 살려 배치한 점이 이 정원의 가장 큰 특징이다. 인공을 자연 속에 감추고, 자연 속에 인공을 섞어 넣은 듯한 조경 방식은 중국이나 일본의 궁정 정원과 구별되는 한국 고유의 미의식을 보여 준다. 비원의 중심에는 여러 개의 연못과 정자, 누각, 숲길, 계류 등이 흩어져 있으며, 그 모든 구성은 특정한 구조나 대칭 없이 지형에 따라 유기적으로 배치되어 있다.

첫눈이 남긴 희끗한 흔적은 부용지 주변의 낮은 기단 머리와 정자의 서까래 위에 가늘게 걸쳐 있으며 초겨울의 고요를 더욱 깊게 만들고 있었다. 연꽃이 피는 연못이라는 이름을 가진 부용지는 숙종 때에 조성되었으며, 그 북쪽에 자리한 부용정은 왕이 시를 읊고 사색하던 정자이다. 그 주변에는 왕의 서재로 활용되었던 주합루, 서향각, 이로당 등이 함께 모여 작은 서재 단지를 형성하고 있었다.

이 공간은 단순한 정원이 아니라 왕이 유학자들과 함께 학문을 토론

하고 시를 짓던 조선적 교양의 장소였다. 연못 가장자리에 앉은 눈이 물가에 비친 어두운 수면과 대비되어 한층 더 맑고 청명한 색을 띠었다.

창덕궁 후원은 부용지를 지나, 시계 방향으로 올라가면 연경당이 나오고, 반대 방향으로 가면 애련지를 지나 관람정과 존덕정이 나오는데 오늘은 반시계 방향으로 먼저 연경당 쪽으로 향했다.

연경당은 다른 후원 건물들과는 다르게 실제 생활공간의 기능이 강한 곳으로, 순조가 아버지 정조를 기리기 위해 지었으며, 당시 왕세자의 별당으로도 사용되었다. 외형은 단순하고 소박하지만 내부에는 전통 건축의 섬세한 아름다움이 숨어 있으며, 실제 조선 후기 왕실의 일상을 짐작케 하는 유일한 공간이다.

**창덕궁 후원 연경당 안채**

연경당을 둘러보고 존덕정에 도착하자 사각의 연못 위에 떠 있는 정자 아래 얇은 얼음 막이 살짝 잡혀 있었다. 찬바람은 정자 지붕 끝을 스치며 옅은 솔바람 같은 소리를 냈고, 그 소리는 한겨울의 적막을 미리 알리는 전주곡처럼 들렸다.

존덕정은 연못 중앙의 정자가 네모난 물 위에 떠 있는 듯한 모습으로, 인조 때에 조성된 것으로 전해지며, '덕을 존중한다'는 유교적 상징을 지닌다. 이 정자는 정면보다 측면에서 보았을 때 더 아름답고 자연스럽게 다가오는 특이한 구성을 보여 주며, 인공적인 건축이 자연의 일부가 된 예를 잘 보여 주고 있었다.

아내와 정자 앞에서 잠시 말을 멈추고 초겨울 숲의 숨소리를 들었다. 그리고 문득 도심 한복판에서 이런 정적을 만날 수 있다는 사실이



종로 산책

한 해를 보내는 마음에 잔잔한 위로처럼 다가왔다.

창덕궁 후원 존덕정 내부

이어서 애련지를 향해 걷는 동안 밟을 때마다 눈이 살짝 부서지는 소리가 겨울 숲의 적막을 가늘게 흔들었다. 나뭇잎을 모두 떨군 가지들은 하늘을 향해 가만히 뻗어 있었고, 그 사이로 비치는 햇살은 어린 겨울빛답게 약하고 순박했다. 애련정의 정자 주변의 고목들은 가지 끝마다 미세한 서리를 머금고 있어 오전 햇살에 일시적으로 반짝였다가 금세 녹아 사라졌다. 그 덧없고 섬세한 순간은 마치 후원의 오래된 시간 위에 오늘 하루만의 특별한 주석을 붙여 놓은 듯했다.

창덕궁 후원을 여유롭게 둘러보고 다시 창덕궁 방향으로 나가는 산책길에서는 햇빛이 조금 더 따뜻하게 내려와 앉았다. 바람이 휙 스치

창덕궁 후원 애련지와 애련정

는 순간 낙엽 몇 장이 바닥에서 가볍게 들렸다가 다시 내려앉았고, 그 모습은 초겨울과 늦가을이 잠시 겹쳐 있는 풍경처럼 보였다.

아내와 함께한 이 초겨울의 후원 산책은 올해 수십 차례 걸었던 혼자의 궁궐 산책과는 다른 결로 마음 깊은 곳에 오래 남는 고요를 남겼다. 흰 눈의 잔재, 겨울 햇살의 경계 없는 번짐, 그리고 함께 걷는 따뜻함이 오늘의 창덕궁 후원과 창덕궁 길을 더 포근하게, 더 서정적으로 만들어 주었다.

# 6

# 창경궁

창경궁 팸플릿

# \# 창경궁

오늘은 점심시간에 창덕궁과 붙어 있는 창경궁을 다녀왔다. 광화문 사무실에 근무하면서 서울의 경복궁, 덕수궁, 창덕궁, 창덕궁 후원, 창경궁, 종묘까지를 모두 둘러보았다.

창경궁 홍화문

창경궁은 창덕궁 안에 입구가 있어서 창덕궁 입장 요금을 내고, 안으로 들어가서 창덕궁 후원처럼 또다시 입장료를 내야 한다. 다만 창덕궁 후원은 철저히 인원과 입장 시간이 제한되어 있지만 창경궁은 그런 제한은 없다.

경복궁, 덕수궁, 창덕궁의 입장료는 3천원, 창덕궁 후원 5천원, 창경궁 1천원, 국립민속박물관과 국립고궁박물관은 무료이다.

창경궁 정전 명정전

창경궁은 원래 조선 성종이 세 왕대비를 위해 1483년에 건립한 궁궐로, 창덕궁과 함께 동궐을 이루며 왕과 왕비, 대비의 일상 거처로 사용되었다.

자연 지형을 살린 실용적이고 단정한 공간 배치가 특징인 창덕궁은 조화미를 잘 보여 주면서도, 전각의 수가 많지 않아서 아담한 느낌이 들었다.

공간의 구조와 배치도 경복궁처럼 평지에 일직선의 축을 이루도록 구획된 것과 다르게, 높고 낮은 지세를 거스르지 않고 언덕과 평지를 따라가며 터를 잡고, 필요한 전각을 지어서 그런지 좀 더 자유로운 분위기가 느껴졌다.

또한 조선 시대 다른 궁궐과 주요 전각들이 남향으로 지어진 것과 달리 창경궁의 일부 전각들은 동쪽을 바라보고 있는 점이 특이했다. 창경궁의 경우 정문인 홍화문과 정전인 명정전은 동쪽을 향하고, 관청 건물인 궐내각사와 내전의 주요 전각들은 남쪽을 향해 있다.

창경궁은 어렸을 적에 창경원으로 기억에 남아 있듯이, 일제강점기인 1909년, 조선총독부가 이 궁궐을 '창경원'으로 개칭하고 그 내부에 동물원, 식물원, 유리온실 등을 설치함으로써 조선 왕실의 위상을 철저히 훼손하였다.

이는 일본이 조선 왕실의 권위를 무너뜨리고 식민 통치를 정당화하기 위한 상징적 조치였고, 이런 상황은 1980년대 초까지도 시민들이 가족 단위로 즐겨 찾는 유원지로서의 동물원과 식물원으로 유지되었고, 아이들의 소풍 장소이자 도시인들의 휴식 공간으로 활용되었다.

당시 창경원에는 원숭이, 사자, 코끼리 같은 동물이 있었고, 온실 속에는 이국적인 식물들이 전시되어 있었으며, 궁의 전각은 대부분 훼손되거나 방치되어 조선 왕궁으로서의 정체성을 알아보기 힘들었다.

**창경궁 식물원**

1983년을 기점으로 정부와 문화재청은 궁궐 복원 사업을 본격화하여 동물원과 식물원을 과천 서울대공원으로 이전시키고, 훼손된 전각과 공간을 하나씩 복원해 나가기 시작하고, 동시에 이름도 '창경궁'으로 다시 환원되며, 일제강점기와 해방 이후까지 이어져 온 역사 왜곡의 흔적을 지우고 본래의 정체성을 회복하기 시작했다.

이후 창경궁은 명정전, 경춘전, 춘당지 등 주요 건물을 중심으로 왕실 궁궐로서의 모습을 되찾아 갔고, 지금은 창덕궁과 함께 역사 문화 탐방의 중심지로 자리 잡아 한복 체험, 야간 개장, 궁궐 해설 등 다양한 문화 행사가 열리는 공간으로 재탄생하였다.

해외에서 23년 동안 살면서, 국내의 전통 공간을 제대로 느끼지 못한 채 살았다. 그러나 최근 서울의 궁궐과 전통적인 공간들을 다시 돌

창경궁 춘당지

아보며, 그동안 미처 알지 못했던 한국의 깊은 역사와 문화적 가치를 하나하나 새롭게 깨닫고 있다.

우리의 전통 공간에서 느껴지는 자부심과 감동은 말로 표현할 수 없을 정도로 크고, 이제는 그것이 외국인들에게도 부러움의 대상이 될 것이라고 확신하게 되었다.

# #창경궁

점심 식사를 마치고, 곧바로 창경궁으로 향했다. 궁궐에서 보낼 시간을 더 확보하기 위해 걸음 대신 안국역 앞에서 따릉이를 타고, 차가운 바람을 가르며 율곡로를 따라 페달을 밟았다.

광화문에서 창경궁으로 가는 율곡로와 율곡 터널

　도심의 빌딩들 사이로 비치는 초겨울 햇살은 투명했고, 그 사이로 스며드는 공기는 조금 더 먼 시간으로 데려가는 듯했다. 그렇게 도착한 창경궁의 정문, 홍화문 앞에 서니 어느새 도시의 소음이 한 발짝 뒤로 물러나 있었다. 늘 그렇듯 궁의 문을 들어서는 순간에는 마음이 차분해지는 느낌이 든다. 문 하나를 통과하는 것일 뿐이지만, 그 안에 담긴 세월은 사람의 태도까지 기묘하게 달라지게 한다.

　홍화문을 지나면 곧바로 금천인 옥천교가 있다. 수백 년의 시간이 겹겹이 쌓여 있는 듯한 느낌을 주는 금천은 조선에서 세속과 왕권을 가르는 상징적 경계였다는 사실을 떠올리며 짧은 다리를 건넜다.

**창경궁 옥천교**

창경궁 정전 명정전

옥천교를 지나 명정문 앞으로 다가서니 창경궁의 정전인 명정전이 동쪽을 향해 서 있었다. 조선의 정전 가운데 유일하게 동향이면서 5대 궁궐 정전 가운데 가장 오래된 건물이다.

기와지붕 아래로 드리운 어둠, 문살 사이로 스며드는 햇빛의 방향, 그리고 마당으로 뻗은 담장의 선이 모두 오래된 책의 한 페이지처럼 느껴졌다.

그리고 이어서 있는 문정전의 아담한 뜰이 남쪽으로 향해 있다. 바로 이곳에서 사도세자는 뒤주 속에 갇혀 여덟 날을 버티다 생을 마감했다. 왕세자라는 이름으로 태어났으되, 끝내 아버지의 명령으로 죽음을 맞아야 했던 한 인간의 마지막 공간이다. 낮 시간임에도 급작스레 내려간 기온 탓에 바람은 더욱 차가웠고, 그 차가움 속에는 단순한 계절의 한기와는 다른 무엇이 스쳐 지나가는 듯했다. 설명할 수 없는 기척, 오래된 숨결 같은 것이었다.

창경궁 문정전

사도세자의 비극은 한 개인의 광기나 실패로만 환원되기에는 너무 무겁다. 엄격한 예법과 권위로 유지되던 조선의 왕권, 아버지 영조의 강박에 가까운 성리학적 통치관, 그 틈에서 숨 쉴 공간을 찾지 못했던 한 젊은 세자의 고립이 이 작은 뜰에 겹겹이 쌓여 있었다. 뒤주는 물리적으로는 나무 상자였지만, 그를 가둔 것은 제도와 시선, 그리고 아버지와 아들 사이에 끝내 건너지 못한 거리였을지도 모른다.

역사는 언제나 화려한 기록으로만 남지 않는다. 어떤 순간에는 이렇게, 비어 있는 마당과 차가운 공기 속에 비극의 그림자로 남는다. 걸음을 멈추고 텅 빈 뜰을 바라보았다. 아무것도 놓여 있지 않음에도, 이곳은 많은 것을 말하고 있었다. 울부짖음도, 기록도 없이 사라진 한 생의 무게가 오히려 침묵 속에서 더 크게 전해졌다.

그 비어 있음이야말로 이 공간이 품고 있는 가장 큰 울림처럼 느껴졌다. 시간이 모든 것을 덮어 버린 듯 보이지만, 문정전의 뜰은 지금도 권력은 무엇을 남기고, 인간은 그 안에서 어디까지 견뎌야 하는가를 조용히 묻고 있었다.

창경궁 환경전

문정전을 뒤로하고 발걸음을 옮기면 환경전이 나온다. 이름만 보면 기쁨을 맞이하는 장소처럼 들리지만, 이곳에는 오히려 슬픔이 묵직하게 담겨 있다. 병자호란 때 청나라에 9년간 인질로 끌려갔던 소현세자

가 귀환하자마자 원인 모를 죽음을 맞이했던 그의 마지막 시간이 이곳
과 관련되어 있다는 사실을 떠올리자, 건물의 정갈한 처마마저도 왠지
쓸쓸하게 느껴졌다. 마루 아래로 스며드는 기운은 차가웠지만, 오래된
건물이 품고 있는 그 차가움은 이상하게 위로처럼 다가오면서, 세자의
마지막 숨결이 아직도 이 공간 어딘가에 얇게 남아 있는 듯했다.

창경궁 양화당

　환경전에서 조금 더 걸으면 양화당이 있다. 병자호란 후 인조가 굴
욕의 항복을 마치고 돌아와 머물렀던 곳으로 남한산성에서 버티다가
결국 무너져 내리듯 항복했던 그 마음과 삼전도에서 아홉 번 머리를
조아렸던 치욕, 왕으로서 감당해야 했던 책임과 인간으로서의 수치가
뒤섞였을 그의 복잡한 감정들이 이 작은 건물에서 조심스럽게 흔들렸



종로 산책

을 것이다.

오늘의 양화당 앞마당은 그저 고요했고, 햇빛이 비스듬히 건물 한쪽 벽을 타고 흐르며 한낮은 짧은 그림자를 드리우고 있었다. 그 빛이 오래된 나무 기둥 위에 얹혀 있는 모습에서 인조가 느꼈을 부끄러움과 스스로를 다스리고자 했던 순간들이 묘하게 함께 떠올랐다.

창경궁 통명전

창덕궁이 있는 계단 쪽으로 천천히 가다 보면 창경궁의 서편 끝자락에 있는 통명전에 닿는다. 숙종 시대의 정치와 감정이 격렬하게 교차했던 곳으로, 장희빈이 나쁜 물건을 묻었다는 혐의를 받았고, 결국 사약을 받고 생을 마감해야 했던 비극의 무대이다. 권력의 무게는 이렇게 한 공간에 오랫동안 남아 사람의 마음을 흔들고 있었다. 잠시 멈춰

서 기둥을 바라보니 붉은 단청의 흔적이 희미하게 반짝이며, 마치 누군가가 바로 얼마 전까지 살고 있었던 것처럼 느껴졌다.

정전에서 후원으로 넘어가는 동안 창경궁의 풍경은 더욱 조용해졌고 외국인 관광객 몇몇과 결혼을 앞둔 젊은 남녀가 한복을 곱게 차려입고 사진사의 요구에 따라 결혼사진을 찍고 있었다.

얼마 전까지만 해도 단풍이 한창이던 나뭇가지들은 잎을 모두 떨군 채 하늘을 향해 섬세한 선으로 뻗어 있었고, 그 사이로 흐른 햇빛은 차가웠지만 한없이 맑았다. 점심시간 짧은 틈에 찾아온 궁궐에서 수백 년의 시간을 건너다보면서, 왕들의 슬픔과 치욕, 누군가의 억울함과 또 누군가의 단단한 침묵을 상상해 보았다.

창경궁의 서편 계단을 올라가니, 창덕궁으로 드나드는 작은 협문이 조용히 열려 있었다. 궁궐 사이를 이어 주는 오래된 연결 통로 같은 느낌이 들었다. 이곳은 창덕궁 후원으로 가는 입구가 옆에 있고, 시간제 입장을 하기 때문에 늘 창덕궁 후원 입장을 기다리는 사람들이 대기하고 있는 공간이다.

왼쪽으로 보이는 낙선재를 뒤로하고 창덕궁 동측의 전각들이 있는 곳으로 향했다. 세자가 공부하던 성정각, 왕의 침전으로 쓰인 희정당, 왕비의 침전인 대조전 등은 벌써 여러 번째이지만 오늘은 창경궁에서 시간을 보냈기 때문에 통과하듯 지나쳤다.

창덕궁의 정전인 인정전 조정 터가 넓게 펼쳐졌다. 조정 마당은 햇빛에 하얗게 번들거리고, 그 너머 낮고 길게 펼쳐진 행각들이 정전의 중심을 부드럽게 감싸고 있었다.

창덕궁의 고요한 전각들을 지나 서쪽 출구로 궁을 빠져나와 율곡로의 버스 정류장에서 버스를 타고 광화문까지 이동했다. 방금 전까지의 나무 기둥, 기와지붕, 단청의 선명한 색채가 세상 밖의 풍경과 교차하면서 묘한 대비를 이루고 있었다.

# 7

# 경희궁

경희궁 팸플릿

# 경희궁

오늘은 7월 초인데도 한여름처럼 서울의 낮 기온은 36도를 훌쩍 넘겼고, 거리의 열기가 그대로 위로 솟아오르고 있었다. 잠시 밖으로 나서는 일조차 각오가 필요한 날씨지만, 가까우면서 부담 없는 경희궁 쪽으로 향했다.

경희궁 흥화문

경희궁 숭정전

조선의 궁궐 중에 사무실에서 가장 가까운 경희궁은 궁궐치고는 동선이 단순하고, 솔직한 생각이 아직 고궁의 감흥이 별로 들지 않는 산책 코스 정도로 느껴지는 공간이다.

경희궁은 조선 후기의 서궐이었다. 임진왜란 이후, 왕실은 한 궁에 모든 기능을 집중시키는 대신, 동궐과 서궐로 궁궐 체계를 분산시켰고, 경희궁은 정무와 휴식을 겸한 궁으로 활용되었다.

인조에서 영조에 이르기까지 실제로 많은 왕들이 이곳에서 국정을 보았다. 역사적 위상만 놓고 보면 결코 부차적인 궁궐이라 부르기 어려운 공간이었다. 그러나 지금의 경희궁을 걷다 보면 그 시간의 무게가 온전히 전달되지 않는다. 그 가장 큰 이유는, 경희궁이 아직도 전체 복원의 단계에 이르지 못했기 때문이다.

일제강점기 동안 경희궁은 거의 해체되다시피 했다. 전각들은 학교

와 관청의 부속 건물로 전용되거나 철거되었고, 해방 이후에도 그 부지
는 서울시 교육청, 각급 학교, 그리고 공공시설로 나뉘어 사용되었다.

현재 복원된 전각들은 본래 100여 동에 달하던 경희궁의 극히 일부
에 불과하다. 숭정전, 흥화문, 몇몇 전각만이 점처럼 흩어져 원래의 궁
궐 자리를 짐작하게 할 뿐이다.

흥화문을 지나 안으로 들어서니, 궁궐의 경계가 더욱 모호해지는 느
낌이 들었다. 바로 옆에는 서울역사박물관이 자리하고, 위쪽으로는 서
울시 교육청 부지로 이어져 있었다.

경희궁 자정전

건물 하나하나가 문제라기보다는, 궁궐이 가져야 할 연속된 영역감
이 끊겨 있다는 점에서 경희궁은 주변 도시 공간에 밀려 있는 인상을

　　　　　　　　　　　　　　　　　　　　　　종로 산책

주고 있었다.

　숭정전 앞에 서니, 어색함은 더욱 분명해졌다. 전각 자체는 단정하고 절제되어 있지만, 그 앞마당과 주변 풍경이 왕궁이라기보다는 공원에 가까운 분위기가 느껴졌다. 의도적으로 연출된 고궁의 장엄함보다는 뒤늦게 복원된 흔적들이 먼저 눈에 들어왔다.

경희궁 태령전

　그래서인지 경희궁은 시간이 켜켜이 쌓인 공간이라기보다 기억을 복원해 놓은 장소처럼 느껴졌다. 그럼에도 불구하고, 경희궁은 오히려 복원되지 못한 자리와 현대 건물에 둘러싸인 모습 자체가 이 궁궐이 겪어 온 근대사의 상처를 그대로 보여 주고 있었다.

　경희궁은 조선의 궁궐이자, 동시에 근대와 현대가 남긴 공백의 기록이다. 그래서 경희궁은 아직 고궁답지 않다는 인상을 주는 동시에, 그 미완성 상태 자체로 서울이라는 도시의 현실을 가장 솔직하게 드러내는 궁궐이기도 하다. 주변 부지까지 포함한 온전한 복원이 이루어지지 않는 한, 이곳이 경복궁이나 창덕궁처럼 느껴지기는 어려울 것 같았다.

경희궁을 둘러보고 난 뒤에도 점심시간은 아직 충분히 남아서 더위도 식힐 겸 자연스럽게 바로 옆의 서울역사박물관을 찾았다. 박물관 문을 여는 순간, 바깥의 열기와 소음은 차단되고, 차분한 공기 속에서 서울의 시간이 정리되어 있었다.

오늘 점심시간의 대부분은 결국 박물관 안에서 보냈다. 다시 밖으로 나올 때, 경희궁은 기억 속에서 볼 것이 적은 궁궐이 아니라 여백을 남겨 주는 궁궐로 남았다. 완성되지 않았기에 짧게 걷고 빠져나올 수 있었고, 그 덕분에 점심시간은 오히려 여유로웠다.

# 8

# 운현궁

운현궁 팸플릿

# # 운현궁 산책

늦가을 비가 갠 점심시간, 점심을 급히 마친 뒤 광화문 쪽 사무실을 나서 율곡로를 따라 운현궁을 향해 걸었다. 멈춰 선 공기의 냄새는 빗물에 씻겨 더 또렷해졌다.

빗방울이 스쳐 간 포장도로는 아직도 희미한 빛을 머금은 채 잔잔히 어른거렸다. 막 씻겨 나간 거리의 표정은 한층 선명해졌지만, 물기를 머금은 듯 고요했다.

비에 젖은 경복궁의 돌담은 눅눅한 숨결을 내뱉으며 더욱 깊은 색으로 자리 잡았다. 비가 막 그친 낮, 하늘은 여전히 꾸물거리며 햇빛을 내어 주지 않고, 세상은 마치 숨을 고르며 잠시 멈춰 선 듯 고요한 회색의 시간 속에 머무르고 있었다.

오늘의 점심시간 산책길 목적지는 안국역을 지나 운현궁을 둘러보고 오는 일정으로 대원군의 숨결이 남은 작은 궁궐 안에서, 조선 말의 무게를 한 줌씩 더듬어 보고 싶었다.

비가 내린 뒤 흐린 날씨 탓도 있고, 화요일은 경복궁이 휴궁일이라서 율곡로에 북적이던 외국인들의 인파도 평상시보다 훨씬 적었다. 3호선 안국역 4번 출구를 끼고 오른쪽 골목을 돌자 운현궁의 어깨가 보였다.

운현궁은 흥선대원군 이하응의 사저이자, 대한제국 첫 황제 고종이 즉위하기 전 어린 시절까지 머물렀던 곳으로 알려져 있다. 19세기 중후반, 대원군의 정치 활동과 개혁이 이 공간을 매개로 이루어졌고, 그 상징성 때문에 운현궁은 근대사의 중요한 자취를 고스란히 품고 있다.

오늘 마주한 건물들은 본래의 규모보다 많이 줄어들었지만, 마당의 배치와 누마루의 각도, 대청의 목재 결은 여전히 사람의 손과 시대의 숨결을 전해 주고 있었다.

운현궁 노락당

노락당, 노안당, 이로당 등 주요 전각들은 서로의 역할을 나눴다. 눈 아래 보여지는 고색창연한 마룻바닥은 누군가 오래 앉아 읽고, 결정을 내리고, 때로는 어쩔 수 없이 탄식했을 장면들을 은근히 떠올리게 했다.

특히 노락당은 고종과 명성황후의 연회와 가례가 열렸던 공간으로도 알려져, 조선 말 궁중의 의례와 사적인 정서가 동시에 겹쳐지는 장소다.

운현궁의 각 공간은 마치 시간이 멈춘 채 누군가 여전히 그 안에서 살고 있는 듯한 기운을 풍기고 있었다. 방 안에는 사용 흔적이 남아 있는 가구들이 자연스럽게 놓여 있고, 상 위에는 막 식사를 준비한 듯한 음식이 소담하게 차려져 있었다.

운현궁 노안당

부엌에는 오래된 식기와 장독, 손때 묻은 조리 도구들이 제자리를 지키고 있었고, 한쪽에는 떡메와 절구 같은 생활 도구까지 그대로 놓여 있어서, 과거의 일상으로 발을 들여놓은 듯한 착각을 불러일으켰다. 현실과 역사의 경계가 흐려지는 그 느낌이 더욱 생생하고 서정적으로 다가왔다.

유물전시관으로 들어가니, 소박하지만 손이 많이 간 가구들, 병풍의 붓 자국, 자수의 바늘 자국이 가까이 보였다. 한 켠에는 홍선대원군의 영정 복제품과, 당시 살림을 보여 주는 생활 구성품들이 놓여 있어 살아 있는 기록 같은 인상을 주었다.

운현궁 유물전시관엔 대원군과 관련된 유물을 중심으로 전시가 구성되어 있었고, 종종 고종과 명성황후 관련 의례복이나 궁중의 장신구들이 전시 중이었다.

운현궁 유물전시관 상궁 당의와 명성황후 노의

운현궁을 둘러보면서, 흥선대원군을 떠올려 보았다. 그는 집권기에 쇄국적 대외정책과 함께, 안으로는 세도정치의 뿌리를 흔들어 지방 서원 철폐와 같은 강력한 개혁을 단행했다.

백성의 세금 제도를 정비하고, 왕권을 강화하려 했던 그의 개혁은 명암이 엇갈린다. 행정적 효율을 위한 변화였으나, 경복궁 중건과 같은 공사로 인한 민심의 반발도 있었다.

대원군의 이러한 대내외적 행보는 운현궁이 단순한 가옥이 아니라 근대 조선의 정치적 무대였음을 설명해 주고 있었다.

대원군의 초상화 속 눈빛을 상상해 보면, 권력의 무게와 사적인 고단함이 동시에 느껴지면서 한 사람의 정치가가 집에서, 뜰에서, 가족과 더불어 어떻게 시간을 보냈는지가 이 작은 궁궐의 구석구석에 배어 있는 듯했다.

운현궁에서 본 한복의 색과 바느질, 노락당의 마루 결, 명성황후의 모형 등을 떠올리며, 인사동 골목으로 향하니 경복궁으로 가지 못한 외국 관광객들이 골목마다 넘쳐 나고 있었고, 노란 은행잎들이 비에 더 떨어져 운치를 더해 주었다.

# 9

# 칠궁

칠궁 삼문

# # 칠궁 대빈궁

오늘은 월요일이라 경복궁을 제외한 나머지 서울의 궁궐들은 모두 휴궁일이다. 점심시간이 되기를 기다려 지난 토요일 검단산행 중에 들었던 이야기들을 다시 마음속에 조용히 떠올리면서 점심을 간단히 마치고 곧바로 경복궁으로 향했다.

벌써 10회 이상 들렀던 경복궁은 지나가는 길목으로 생각하면서 경복궁을 반쯤 둘러보고, 향원정과 신무문을 지나 이내 청와대 방향으로

**칠궁**

걸음을 옮겼다.

청와대가 개방된 이후에도 그 서편 담장 너머 조용한 자리에 '칠궁'이라는 이름의 공간이 존재한다는 사실을 아는 사람은 생각보다 많지 않을 것 같았다. 더군다나 칠궁이 어떤 궁이며, 누구를 위한 곳인지 알고 있는 사람은 더욱 드물 것이다.

지난 9월 29일, 우연한 호기심으로 처음 그곳을 찾았었고, 오늘 또다시 검단산행 동안 유튜브로 들었던 역사 강의의 여운에 이끌리듯 다시 칠궁을 찾게 되었다.

칠궁 대빈궁

청와대 서편 담장 옆, 나지막한 문을 지나 들어서니, 궁궐보다 훨씬 덜 꾸며진, 담백한 건물들이 눈에 들어왔다. 화려함을 벗어 낸 단아한 공간인 이곳이 바로 칠궁이고 그중에 대빈궁이 장희빈의 신주를 모셔 둔 곳이다.

본명이 장옥정인 장희빈은 궁녀로 차출되어, 뛰어난 미모와 영특함으로 숙종의 눈에 들어 후궁이 되었다. 그는 국모를 꿈꾸며 권력의 중심으로 빠르게 올라섰으나, 인현왕후를 폐출하는 과정에서 지나친 정치적 개입과 남인 세력의 지지를 받으면서 왕실 내부 갈등을 극대화했다.

한때는 왕의 총애와 권력의 절정에 있었지만, 결국 인현왕후 복위와 서인 세력의 반발 속에서 사약을 받고, 생을 마쳤다. 그러나 장희빈이 낳은 아들 경종이 왕위에 오르면서, 그녀의 위치는 다시 달라졌다. 죽은 뒤에도 왕의 생모라는 이유로 제사를 받게 되었고, 그 신주가 바로 청와대 동쪽의 칠궁에 모셔져 있는 것이다.

권력의 중심에 서 있다 사라진 한 여인의 운명이, 수백 년이 흐른 지금 칠궁이라는 궁궐과 현대의 권력이 이어지는 청와대 사이의 경계에서 조용히 호흡을 이어 가는 듯했다.

# # 칠궁 육상궁

　　새벽 공기가 도시를 깨우기 전, 슬로 조깅으로 하루를 시작했다. 숨이 가쁘지 않은 속도, 생각이 이어질 만큼의 리듬 속에, 이어폰으로는 조선 19대 왕 숙종 때의 숙빈 최씨에 관한 유튜브 강의를 들었다. 그런 연유로 오늘 점심때는 칠궁을 다녀왔다.

칠궁 입구

숙종은 조선의 왕 가운데서도 가장 정치적인 감각이 예민한 임금이었다. 서인과 남인으로 갈라진 조정에서 그는 어느 한 편의 왕이 되기를 거부했다. 대신 그는 당파를 이용했고, 때로는 여인들의 지위를 통해 정치의 판을 뒤집었다. 그의 곁에는 세 여인이 있었다. 각기 다른 방식으로 왕의 선택과 당파의 이해가 교차하던 자리였다.

인현왕후 민씨는 서인이 지지한 정비였다. 말수가 적고, 기록에는 늘 온화하고 단정했다고 전해진다. 그러나 그녀의 침묵은 정치적으로는 너무도 무거웠다. 왕비라는 자리는 그 자체로 당파의 상징이었고, 인현왕후가 왕비로 있는 한 서인의 입지는 흔들리지 않았다.

그 틈을 파고든 존재가 장희빈이었다. 장희빈은 숙종의 총애를 받았고, 남인의 전폭적인 지지를 받았다. 총애와 정치가 만나는 지점에서 그녀는 단순한 후궁이 아니었다. 왕비 인현왕후의 폐위, 장희빈의 왕비 책봉 사건은 단순한 궁중 암투가 아니라 서인에서 남인으로 권력이 이동한 순간이었다.

그러나 숙종은 그 누구에게도 권력을 오래 맡기지 않았다. 장희빈이 왕비가 된 뒤에도 왕의 시선은 늘 흔들렸고, 정국이 다시 서인 쪽으로 기울자 인현왕후는 복위되었다. 그리고 장희빈은 후궁으로 되돌아갔다. 이 반복은 세 여인 사이의 질투가 아니라, 숙종이 정치의 균형을 조정하는 방식이었다.

세 여인 중의 숙빈 최씨는 인현왕후처럼 정비의 자리에 있지 않았고, 장희빈처럼 정치의 전면에 서지도 않았다. 그래서 오히려 당파의 공격 대상이 되지 않았다. 그러나 그녀의 존재는 가장 결정적인 순간에 조용히 무게를 드러냈다.

인현왕후 민씨는 서인의 상징으로 조용히 폐위와 복위를 겪었고, 장희빈은 남인의 지지 속에 왕비가 되었다가 결국 정치의 끝자락에서 사약을 받았다. 장희빈의 아들 경종은 왕위에 올랐지만, 왕좌는 이미 당파의 전쟁터였다.

숙빈 최씨는 정치의 전면에 서 있지 않았다. 서인도, 남인도 그녀의 이름을 기치로 내세우지 않았다. 사극에서처럼 극적인 언행이나 대립의 장면도 거의 기록에 남아 있지 않다.

숙빈 최씨는 훗날 영조가 된 연잉군 이금을 낳았다. 장희빈의 아들이 경종이 되었고, 그 경종의 뒤를 이어 숙빈 최씨의 아들이 왕이 되었다. 정치의 중심에 있었던 사람은 사라지고, 늘 한 걸음 물러나 있던 여인의 혈맥이 조선의 왕통을 이어 가게 된 아이러니였다.

점심시간에 찾아간 칠궁에는 왕의 어머니였으나 왕비가 되지 못한 여인들이 모셔져 있었다. 그리고 그중에는 장희빈과 숙빈 최씨가 있었다.

장희빈은 아들을 왕 경조로 만들었으나 그 왕조는 이어지지 못했고, 숙빈 최씨는 아들이 왕이 되는 모습을 보지 못했으나 그 혈맥은 정조, 순조, 헌종으로 조선 후기를 관통했다.

정치의 소용돌이 한가운데서 서로 다른 방식으로 살아간 두 여인, 그리고 그들을 둘러싼 서인과 남인, 왕과 당파의 치열한 시간이 있었다.

조선의 역사는 언제나 왕의 선택으로 기록되지만, 그 왕의 선택을 가능하게 한 배경에는 말없이 버틴 사람들의 시간이 겹겹이 쌓여 있었다.

오늘은 새벽 조깅에서 시작해 출근길 지하철을 지나 점심 산책 시간의 칠궁까지, 하루의 동선이 자연스럽게 숙빈 최씨의 삶을 따라 흘렀다.

숙빈 최씨의 신주가 모셔져 있는 육상궁



종로 산책

# 10

## 종묘

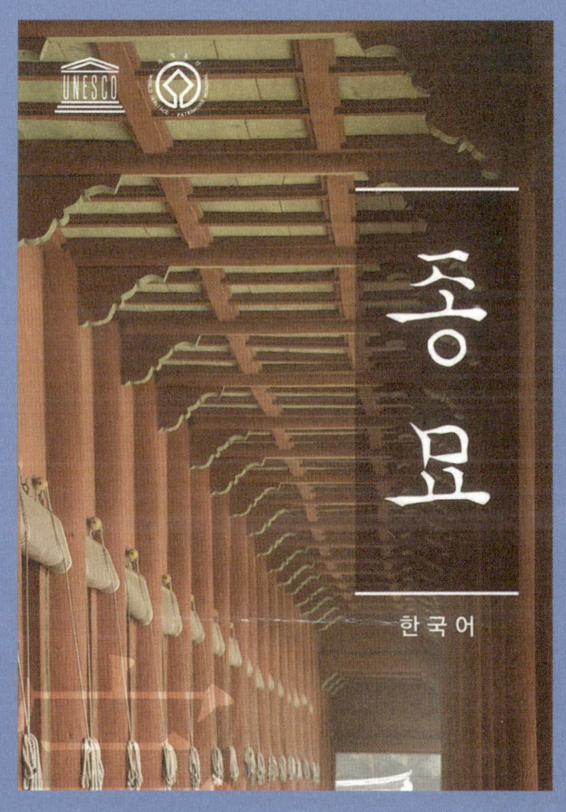

# ＃ 종묘

오늘은 점심 식사 후, 광화문 사무실에서 지하철로 한 정거장 떨어져 있는 종묘로 향했다. 종묘는 종로3가역의 8번 출구로 나와서 돈화문로10길 골목을 걸어가면 종묘의 입구이자 매표소가 있는 외대문에 이르게 된다.

종묘 입구 외대문

종묘는 평일에는 정해진 시간에 입장해야 하고, 궁 해설사의 설명을 들으면서 궁궐을 돌아봐야 한다. 궁 해설사의 인솔이나 통제를 받지 않으려면 토요일, 일요일, 그리고 매월 마지막 주 수요일에만 자유 관람이 가능하다.

지난번에는 수요일이라서 혼자 자유롭게 둘러보았고, 오늘은 궁 해설사와 동행해서 입장한 뒤, 궁 해설사의 설명을 들으면서 일행들과 함께 종묘를 둘러보았다.

종묘 신의 길

종묘는 조선과 대한제국의 역대 왕과 왕비, 황제와 황후의 신주를 모시고 제사를 지내는 국가 사당이다. 조선 건국 후 궁궐을 기준으로 동쪽에 종묘, 서쪽에 사직을 세우는 예에 따라 현재의 자리에 종묘를

종묘 정전

창건하였다. 창건 당시에는 현재의 정전만 있어서 대묘, 태묘, 종묘라고 불렀다.

시간이 지나면서 모시는 신주가 늘어나 현재의 정전 19칸, 영녕전 16칸의 규모가 되었다. 정전 19칸에는 조선 왕조 27명의 왕 가운데 19명에 그치며, 나머지 8명은 이곳에 들지 못했다. 이 가운데 연산군과 광해군은 재위 중 왕위에서 쫓겨나 '군'으로 강등된 폐위 군주라서, 종묘 제향의 대상에서 엄격히 제외되었다.

나머지 왕들은 왕통 계승에는 포함되지만 재위 기간이 짧거나 정치적, 제도적 이유로 '큰 공덕을 쌓은 군주'로 평가받지 못해 정전이 아닌 영녕전에 신위를 모시게 되었다.

영녕전은 정전에 비해 한 단계 격을 낮춘 별묘의 성격을 지니며, 왕실의 계보를 유지하되 제례의 위계를 분명히 하려는 조선의 의례관이 반영된 공간이다.

이처럼 종묘의 공간 구성은 단순한 건축 배치가 아니라, 왕의 정치적 평가와 유교적 명분론이 그대로 반영된 결과물이다.

그 밖에 종묘 경내에는 종묘서의 관원들이 제례에 관한 업무를 보던 망묘루, 향과 축문을 보관하던 향대청, 왕과 세자가 제사를 올릴 준비를 하는 재궁, 제사의 음식을 마련하는 전사청 등의 건물이 있다.

종묘 재궁

종묘는 단순히 조선 왕실의 제례 공간을 넘어, 세계 건축사에서도 독보적인 평가를 받는 장소다. 화려한 장식이나 웅장한 높이 대신, 긴

수평선과 반복되는 기둥, 비워 둔 마당과 절제된 동선만으로 장엄함을 만들어 낸 이 건축은 서구 건축가들에게도 깊은 인상을 주고 있다.

세계적인 건축가 프랑크 게리는 종묘를 두고 '인위적인 장식 없이 공간 그 자체로 완성된 건축'이라며, 현대 건축이 배워야 할 본질적인 미학을 보여 주는 사례로 언급한 바 있다. 이러한 평가처럼 종묘의 가치는 건물 하나하나의 형태를 넘어, 제례와 동선, 자연과의 관계까지 포함한 전체 공간 구성에서 비롯된다.

이러한 보편적 가치를 인정받아 종묘는 1995년 유네스코 세계문화유산으로 등재되었다. 유네스코는 종묘를 유교적 제례 전통이 오늘날까지 거의 원형 그대로 유지되고 있는 희귀한 사례이자, 건축과 의례, 정신문화가 결합된 탁월한 문화유산으로 평가했다. 특히 정전의 길게 이어진 단층 건물과 비례, 그리고 비워 둔 앞마당이 만들어 내는 긴장과 침묵의 공간은 세계 어디에서도 쉽게 찾아보기 어려운 건축적 성취로 꼽힌다.

이처럼 종묘의 공간적, 역사적 가치가 재조명되면서, 최근에는 종묘 인접 지역인 세운상가 일대 재개발을 둘러싼 논의가 다시금 주목받고 있다.

세운상가 재건축은 도심 노후화를 개선하고, 도시 기능을 회복하려는 서울시의 도시 계획적 과제이지만, 동시에 종묘와 창덕궁을 잇는 역사 문화 축의 경관과 조망, 완충 공간을 훼손할 수 있다는 우려도 꾸준히 제기되어 왔다.

　이 과정에서 서울시와 문화재청은 개발의 필요성과 문화유산 보존의 기준을 놓고 서로 다른 입장을 보여 왔고, 건물 높이와 배치, 경관 보호 범위를 둘러싼 협의가 반복되어 왔다.

　종묘가 지닌 가치는 담장 안에만 머무는 것이 아니라, 그 주변의 도시 풍경과 함께 유지될 때 비로소 온전히 드러난다. 수백 년 동안 이어진 제례의 침묵과, 그 침묵을 감싸 온 도심의 여백을 어떻게 다음 세대에 남길 것인가는, 지금의 서울이 풀어야 할 중요한 질문으로 남아 있다.

# 11

# 사직단

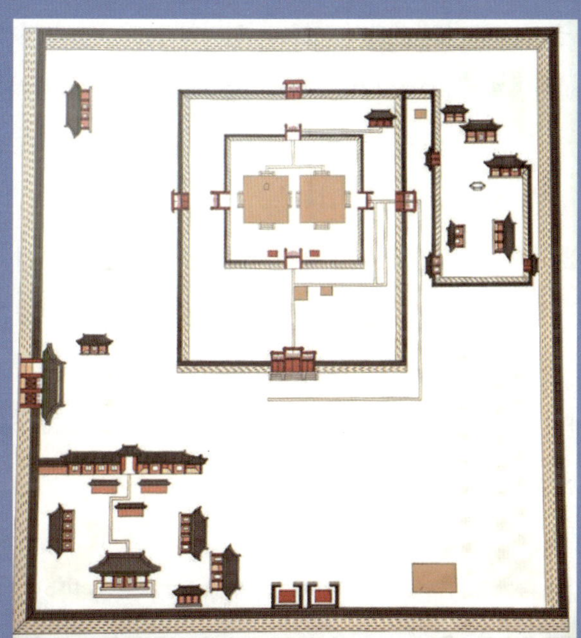

사직단국왕친향도병 사직단전도

2025년 9월 24일, 수요일

9월의 공기는 분명히 다르다. 여름의 열기가 완전히 사라지기 전, 가을이 조심스럽게 자리를 비집고 들어오는 시기의 햇살은 아직 밝지만 날이 서 있지 않고, 바람에는 이유 없이 마음을 느슨하게 만드는 온도가 섞여 있었다.

늘 그랬듯이 점심시간을 그냥 흘러보내기엔 아까워서, 마치 아껴 둔 보석들을 하나씩 들쳐 보듯 광화문 사무실 주변의 고궁이나 박물관, 한옥마을 등을 찾아다닌 지도 8개월째가 되어 간다.

새문안로 옥빌딩에 있는 사무실에서 오전 근무를 마치고 나오면, 늘 다양한 선택지들이 떠오른다.

광화문광장을 가로질러 경복궁 쪽으로 발길을 옮기거나, 종로 쪽 골목으로 들어가거나, 조금 멀더라도 덕수궁 돌담길 쪽 방향을 택하는 날도 있다. 도심 한가운데서 역사와 일상이 겹쳐지는 이 길들은 이미 몸에 익은 산책 코스들이다.

오늘은 평상시처럼 광화문광장 쪽으로 향하지 않고, 사직단이 있는

사직로 쪽으로 향했다. 늘 걷던 새문안로에서 방향을 틀어 사직로 8가
길로 들어서자, 도시의 풍경이 미묘하게 달라졌다.

사직로의 넓은 차도를 지하도로 건너는 짧은 시간 동안, 광화문 일
대의 분주함이 뒤로 밀려났다. 지하도를 빠져나오자, 사직공원이 조용
히 모습을 드러냈다. 사무실에서 불과 500미터 남짓한 거리지만 일부
러 찾아간 건 오늘이 처음이었다.

얼마 전 종묘를 다녀오면서, 조선이라는 나라가 무엇을 가장 근본으
로 삼았는지에 대해 생각하던 참에, 사직단도 함께 찾아가 보리라 다
짐했었다.

사직단 입구

사직단은 경복궁의 서쪽, 인왕산 자락을 향해 자리 잡고 있었다. 이

위치 자체가 하나의 설명이었다. 궁궐을 중심으로 동쪽에는 종묘, 서쪽에는 사직단을 두는 것은 유교 국가의 기본 질서였다.

동쪽의 종묘가 왕실의 혈통과 계승을 상징한다면, 서쪽의 사직단은 땅과 곡식, 곧 백성의 삶을 상징했다.

왕조는 의례와 권위만으로 유지되지 않았다. 먹고사는 기반이 무너지면 국가는 흔들리게 된다. 사직단은 그 사실을 공간으로 보여 주는 장소였다.

사직은 땅의 신과 곡식의 신을 의미했다. 왕은 이곳에서 제사를 지내며 풍년과 안정을 기원했고, 이는 단순한 종교 의식이 아니라 정치적 약속이었다.

사직단

　국가는 토지를 책임지고, 농업을 지키겠다는 선언과 함께 사직단의 모습은 절제되어 있었다. 높이 치솟지 않고, 화려하게 꾸미지도 않았다. 낮은 제단과 숲, 단정한 배치가 이 공간의 성격을 말해 주고 있었다.

　9월의 사직단은 고요했다. 나무 사이로 떨어지는 햇살이 부드럽게 흔들리고, 바람에는 막바지 여름과 초가을이 섞인 냄새가 담겨 있었다. 경복궁의 장중함이나 종묘의 깊은 엄숙함과는 다른, 낮고 안정적인 분위기였다. 이곳은 권위를 드러내기보다, 오래 버티는 힘을 품고 있는 공간처럼 느껴졌다.

　점심시간의 끝자락, 다시 사직로를 건너 새문안로로 돌아오며 생각했다. 도시는 늘 그 자리에 있지만, 걷는 길은 그날의 마음에 따라 달라진다. 그리고 오늘의 선택 덕분에, 사직단은 더 이상 언젠가가 아닌, 일상 속 풍경 중의 하나로 자리 잡았다.

# 12

# 청와대

청와대

# # 청와대

오늘은 점심시간에 청와대를 둘러보았다. 세종문화회관 뒤편에 위치한 사무실에서 청와대 정문까지는 불과 1.6km 정도 떨어져 있는 거리이다.

청와대 입구 광장

새문안로5길을 걷다가 사직로 큰길을 건너 경복궁 서편 돌담길을 따라 효자로를 걷다 보면, 북악산 자락이 자연스럽게 시야에 들어오는데, 도심의 분주함과 산의 고요 사이를 걸어가는 이 짧은 구간은 도시가 품고 있는 이면을 매번 일깨워 준다.

경복궁 둘레길의 북쪽에 해당하는 청와대로는, 가로수 조경이 빼어나서 주변의 직장인들이 점심시간 산책로로 즐겨 찾는 장소이다.

청와대 정문 앞에 도착했을 때, 입장을 기다리는 줄은 생각보다 길지 않았다. 신분증 확인을 마치고 번호표를 받은 뒤 정해진 관람 동선을 따라 움직이자, 공간의 분위기는 이미 차분하게 가라앉아 있었다. 작은 목소리의 대화와 절제된 발걸음 소리는 이곳의 공기를 이루는 한 요소처럼 느껴졌고, 관람 행렬은 그 순간부터 조심스러우면서도 자연스럽게 이루어졌다.

청와대 본관 내부에 들어섰을 때, 가장 먼저 느껴진 것은 과장된 화려함이 아닌, 절제된 균형감이었다. TV 화면에서 여러 차례 보아 왔던 장면들이 실제와 크게 다르지 않았다는 점이 오히려 인상적이었다.

1층 본채 로비 홀에 들어서면 가장 먼저 중앙에 길게 깔린 붉은 카펫이 시선을 끌었다. 과장되지 않은 넓이의 공간 한가운데를 따라 놓인 카펫은 방문자의 동선을 자연스럽게 정리하며, 이곳이 일상의 출입구가 아니라 공식 절차의 시작점임을 알려 주고 있었다.

로비 정면으로 이어지는 메인 계단은 이 공간의 중심축처럼 자리 잡고 있었다. 완만한 경사와 단정한 난간을 따라 위층으로 이어지는 계단은 화려함보다 품위가 느껴졌고, 발걸음을 옮길수록 자연스럽게 속도를 늦추게 만들었다. 이 계단을 오르내리는 동선 자체가 하나의 의전처럼 느껴졌으며, 로비 홀과 계단은 함께 어우러져 청와대 본관이 지닌 공식성과 상징성을 조용히 드러내고 있었다.

**본채 내부 계단**

본채 2층의 대통령 집무실은 전반적으로 절제된 분위기 속에서 국가 상징들이 분명한 질서를 이루고 있었다. 집무 책상 뒤편에는 태극기와 봉황기가 나란히 놓여 있었고, 그 뒤 벽면에는 황금색 봉황 장식이 자리해 공간의 중심을 이루고 있었다. 과도하게 드러나기보다는 은은하게 빛나는 이 봉황 문양은 권위의 과시라기보다 책임과 무게를 상징하는 장치처럼 느껴졌다.

책상 우편에 놓인 커다란 지구본은 시선의 방향을 자연스럽게 넓혀 주며, 국정의 판단이 국내를 넘어 세계를 향해 열려 있음을 암시했다. 이러한 요소들은 짙은 목재 마감과 차분한 색조 속에서 조화롭게 어우러지며, 청와대 대통령 집무실이 상징성과 실무가 균형을 이루던 국정의 중심 공간이었음을 조용히 전하고 있었다.

대통령 집무실

서측 별채의 국무회의실의 카펫 바닥에서는 묵직한 안정감이 느껴졌고, 절제된 목재 마감이 공간 전체에 차분한 긴장을 부여하고 있었다. 커튼 사이로 은은하게 스며든 햇빛은 화려함보다는 공적인 냉정함을 강조하듯 실내를 고르게 비추고 있었다.

중앙에 놓인 길게 이어진 회의용 테이블과 정돈된 의자들은 토론과 결정을 전제로 한 타원형의 배치를 이루고 있었고, 테이블 위에는 장식적 요소 대신 문서와 발언을 위한 여백이 남겨져 있었다.

국무회의실

　임명장 수여식 등이 열렸던 동측 별채의 충무실은 전통성과 공식성이 조화를 이루는 공간이었다. 벽면을 따라 설치된 창호는 한옥의 전통 창살 무늬를 따르고 있어, 외부의 빛이 직선적으로 쏟아지기보다 부드럽게 걸러지며 실내에 안정된 리듬을 만들어 냈다. 이 전통적 요소는 공간에 자연스러운 격을 더하면서도, 의식의 긴장을 과도하게 흐트러뜨리지 않았다.

　천장에는 샹들리에가 중심을 잡고 있었는데, 화려함을 앞세우기보다는 절제된 규모와 밝기로 공간 전체를 고르게 밝히는 역할을 하고

　　　　　　　　　　　　　　　　　　　　　　　종로 산책

있었다. 전통 창호의 차분함과 샹들리에의 정제된 빛이 어우러지며, 충무실은 축하와 의전 사이에서 균형을 유지하는 장소로 완성되어 있었다. 이곳은 임명장 수여와 같은 공식 행사가 개인의 영광이 아니라, 국가 질서 속에서 조용히 자리매김되는 순간임을 또렷이 보여 주던 청와대의 상징적인 실내 공간이었다.

충무실

청와대라는 공간은 단순한 행정기관을 넘어, 그 자리를 둘러싼 지형과 축선, 그리고 역사적 계승성이 함께 읽히는 상징적 장소이다.

청와대는 북쪽으로는 북악산의 능선을 병풍처럼 두르고, 남쪽으로는 시야가 열리며 도심을 향해 완만하게 내려가는 지형 위에 놓여 있다. 이는 우연한 선택이 아니라, 자연 지세를 권력의 배경으로 삼아 온

한양 도성의 전통적 공간 인식과 맞닿아 있다.

청와대의 배치는 북악산 주능선에서 갈라진 산줄기가 완만해지는 지점에 핵심 건물을 두고, 그 전면을 남쪽으로 열어 시선과 동선이 도시로 향하도록 구성되어 있다. 뒤로는 산이 막아 주고 앞쪽으로는 공간이 트이는 형국은 전형적인 '배산임수'의 틀을 따르며, 실제로 남측 저지대에는 과거부터 물길과 평지가 형성되어 도성의 생활과 행정 기능이 집중되어 왔다.

이 배치 방식은 경복궁의 입지와도 분명한 연속성을 가진다. 경복궁이 북악산을 주산으로 삼고, 남향으로 열려 있어서, 왕권의 중심축을 형성했듯, 청와대 역시 같은 산줄기 위에서 남쪽을 향해 배치되며 권력 공간의 방향성과 상징을 계승했다. 다만 궁궐이 의례와 통치의 무대였다면, 청와대는 현대 국가의 행정과 결정을 담아내는 장소로 기능을 전환했을 뿐이다.

이처럼 청와대의 배치 형상은 단순한 건물 배치가 아니라, 자연 지형을 배경으로 권력이 자리 잡아 온 서울이라는 도시의 오랜 공간 논리가 응축된 결과라 할 수 있다.

오늘의 청와대 관람이, 2025년 8월 1일부터 전면 중단될 예정이라는 사실을 떠올리니, 점심시간의 짧은 방문이 단지 산책이 아니라 공개된 마지막 시기의 기록이라는 생각이 들었다.

한때 권력이 머물던 구역으로 좀처럼 들어설 수 없었던 장소를 시민의 관람 동선으로 열어 놓은 짧은 시간 속에서, 특별한 기억으로 남았다.

북악산과 청와대

13

# 국립고궁박물관

국립고궁박물관 팸플릿

# 국립고궁박물관

오전 내내 이어진 치열한 업무를 마친 뒤, 점심시간에 주변의 고궁이나 북촌 한옥마을, 삼청공원 등으로 산책을 다녀오는 일이 자연스러운 일상으로 자리 잡았다.

국립고궁박물관 입구

오늘은 한여름의 무더위를 피해, 냉방이 잘 되는 국립고궁박물관으로 향했다. 국립고궁박물관으로 가는 동선은 크게 3가지 방향이다. 첫 번째는 서촌 한옥마을에서 효자로에 면한 경복궁 쪽문으로 들어와, 박물관 남측 통로를 따라 경복궁의 용성문으로 향하다가 들어오는 경우이다. 이 경우는 외국인 관광객들이 주로 서촌 한옥마을에서 한복을 대여한 뒤 국립고궁박물관 남측 통로를 이용하기 때문에 언제나 형형색색의 한복을 입은 외국인 관광객들이 삼삼오오 모여 있는 풍경을 접하게 된다.

두 번째로, 경복궁 내부에서는 서쪽의 용성문으로 나와서 마당을 지나 계단을 올라가면, 곧바로 국립고궁박물관 2층 정문과 메인 로비로 들어갈 수 있다.

세 번째는 지하철 3호선 경복궁역 5번 출구로 나오면 국립고궁박물관의 1층 출구와 만나게 된다.

박물관의 관람 동선은 2층의 정문을 통해 들어가서 2층, 1층, 지하 1층 순으로 전시를 관람한 뒤, 다시 1층으로 올라와서 남측의 뮤지엄 숍과 카페가 있는 출구로 나오도록 설계되어 있다.

박물관 출입문을 밀고 안으로 들어서는 순간, 실내에 가득 찬 냉기가 바깥에서 달궈진 몸을 조용히 식혀 주었다. 한낮의 더위와 분주함에서 잠시 벗어나, 시간의 결을 따라 천천히 걸을 수 있는 공간에 들어섰다는 안도감이 자연스럽게 스며들었다.

국립고궁박물관의 전시실 구성은, 2층의 왼쪽에 조선 국왕과 왕실 생활을 주제로 한 상설 전시실이 자리하고, 오른쪽에는 두 개의 기획 전시실이 있다. 1층 홀에는 순종 황제의 어차가 전시되어 있고, 왼편에는 대한제국 전시실이, 오른편에는 기획전시실과 출구 방향으로 뮤지엄 숍과 카페가 배치되어 있다.

지하 1층으로 내려가면 왼쪽에 궁중 서화와 왕실 의례 전시실이, 오른쪽에는 과학문화 전시실이 있었으며, 홀 뒤편으로는 수장고와 열린 수장고가 이어진다.

박물관 전시실의 조도는 대체로 어두운 편이라서 유물만을 살짝 떠받들고 그 주변은 조용히 비워 두는 느낌이 들었다. 덕분에 시선은 자연스레 전시품 하나하나에 집중되었고, 그림자 속에 남은 여백은 시간을 담아내는 그릇처럼 느껴졌다.

한여름의 열기를 피해 들어온 공간이었지만, 이곳의 시원함은 단순히 냉방에서 비롯된 것이 아니었다. 낮은 빛과 고요한 공기, 그리고 말없이 놓인 유물들이 만들어 낸 온도로 느껴졌다.

왕의 초상과 어좌를 장식하던 병풍, 의례 때 사용되던 기물들, 정교한 문양이 새겨진 도자와 금속 공예품들은 화려함을 과시하지 않았다. 일월오봉도 앞에 서니, 그 그림이 단순한 장식이 아니라 하나의 세계관이었음을 새삼 실감하게 했다. 해와 달, 다섯 봉우리가 병풍이라는 평면 안에 질서 정연하게 배치된 모습은, 왕이 앉아 있던 자리가 곧 우주의 중심이었음을 말없이 설명하고 있었다.

국립고궁박물관 내부 일월오봉도

어보와 의례용 물건들은, 권위가 추상적인 개념이 아니라 손에 쥐고 옮기며 관리해야 했던 물성이었음을 보여 주고 있었다.

국립고궁박물관의 전시는 왕실의 일상을 과장하지도, 박제하지도 않았다. 혼례와 즉위, 연회와 제례처럼 정해진 절차 속에서 사용되던 물건들은, 화려한 순간보다 그 반복성과 규범을 먼저 떠올리게 했다. 이곳에서 왕실은 특별한 존재라기보다, 엄격한 형식 속에 놓여 있던 하나의 생활 공동체로 다가왔다.

박물관 지하에는 일반 전시실과는 다른 분위기의 공간인 개방된 유물 보관실이 있다. 유리 너머로 정리된 열린 수장고는 아직 전시의 중심에 서지 못한 수많은 유물들이 차분히 정렬되어 있었다. 이름보다 번호가 먼저 붙은 물건들, 설명 대신 침묵으로 보관 중인 유물들은 박물관의 또 다른 시간을 드러냈다.

이곳에서는 유물이 '보여지는 대상'이기 이전에 '보존되어야 할 존재'임을 실감하게 했다. 전시된 것들보다 훨씬 많은 유물들이, 이렇게 빛을 낮춘 공간에서 차례를 기다리고 있었다.

점심시간에 허락된 이 휴식은 길지 않았기에 다시 문을 밀고 밖으로 나서자, 기다렸다는 듯 한여름의 열기가 되돌아왔다. 좀 전과 같은 햇볕, 같은 마당이었지만, 박물관의 냉기를 한 번 통과한 뒤라 그 뜨거움은 더욱 선명하게 느껴졌다. 한여름 열기는 여전히 이글거렸고, 도시는 아무 일 없었다는 듯 한낮의 속도로 흐르고 있었다.

국립고궁박물관 내부 어좌

14

# 국립민속박물관

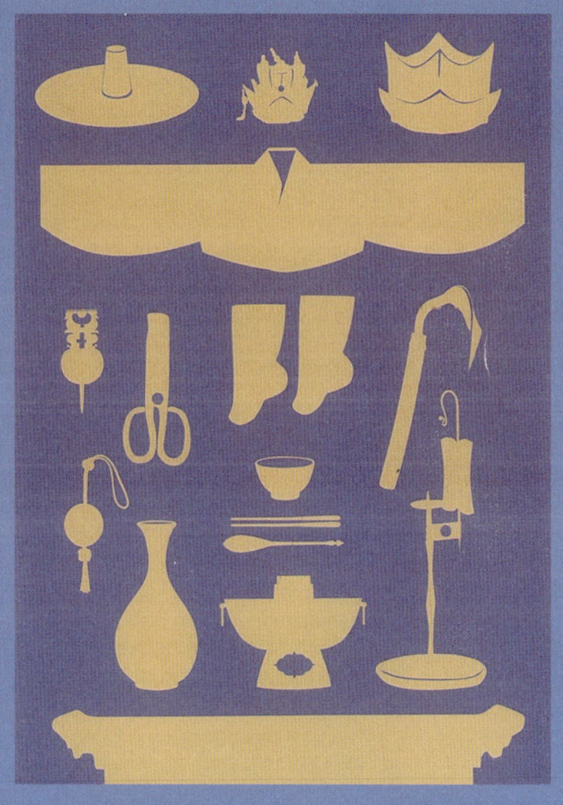

# 국립민속박물관

오전 근무와 점심 식사를 마치고 광화문광장에서의 발걸음은 보통 세 갈래로 갈라진다. 광화문광장을 지나 북쪽인 경복궁 쪽으로 가거나, 서쪽인 종로 방향, 아니면 남쪽의 덕수궁 쪽으로 향하게 된다.

오늘은 경복궁 동측 둘레길인 삼청로를 따라 북쪽으로 걷다가, 국립민속박물관 입구를 지나 박물관 안으로 들어갔다.

국립민속박물관의 내부 전시는 한국인의 일생과 사계절, 그리고 의식주를 중심으로 구성되어 있었고, 농경 사회의 한 해를 보여 주는 모형과 절기에 따라 반복되던 풍속과 놀이, 혼례와 장례에 쓰였던 도구들, 부엌과 안방을 재현한 생활공간이 이어지고 있었다.

벌써 예순을 훌쩍 넘긴 나이가 되어 어린 시절에 보았고 직접 쓰던 물건들 앞에 서자, 오십 년이라는 세월의 무게가 조용히 가슴에 내려앉았다.

쟁기와 호미, 절구와 항아리는 그때만 해도 특별할 것 없는 일상의 도구였고, 하루를 버티고 계절을 건너게 해 주던 생활의 중심이었다.

흙 묻은 손으로 잡던 감촉과 그 도구들을 둘러싸고 오가던 말소리까지 또렷이 떠올랐다.

그러나 오십 년이 흐르는 동안 세상은 눈부시게 바뀌었고, 그 물건들은 어느새 박물관의 진열장 안으로 자리를 옮겨 와 있었다. 손때와 노동의 흔적을 품고 있던 도구들이 더 이상 쓰이지 않는 순간, 시대의 속도에 밀려 기억의 장소로 옮겨졌다는 사실이 새삼스럽게 다가왔다. 편리함과 효율은 삶을 가볍게 만들었지만, 그만큼 천천히 축적되던 시간의 감각은 희미해졌다.

진열장 앞에 서서 일상의 도구였던 것들이 전시물이 되기까지 걸린 오십 년을 되짚어 보았다. 그 세월은 단순히 물건의 용도가 바뀐 시간이 아니라, 삶의 방식과 마음가짐이 달라진 시간이었다.

지나온 세월에 대한 감회가 깊어진 것은, 그 물건들이 사라져서가 아니라 그 물건들과 함께 살았던 어린 날과 사람들이 이미 추억 속으로 옮겨 갔기 때문이었다. 그렇게 박물관의 고요 속에서 시간의 전시물처럼 한 시절을 지나와 여기에 서 있음을 담담히 받아들였다.

특히 회갑연 고임상 차림 모형 앞에서는 발길이 쉽게 떨어지지 않았다. 이 고임상 모형은 초등학교 시절 할머님 회갑연 잔치 때의 기억을 생생히 떠올리게 했다. 마을 전체가 잔칫집이 되던 날, 어른들은 며칠 전부터 분주했다. 누군가는 마당을 쓸고, 누군가는 부엌에 모여 밤을 까고, 잣을 고르며 시간을 보냈고, 그날의 중심에는 회갑연의 고임상이 있었다.

동네 어른들은 원형의 통을 먼저 만들고 풀을 발라 고운 색깔을 입힌 은행과 밤, 잣과 대추를 하나씩 붙여 가며 예술품에 가까운 고임상을 쌓아 갔다. 특히 잣은 크기가 작아서 하나씩 얹어 나가는 모습이 보기에도 매우 어려워 보였고, 엄청난 정성과 감각을 요했다. 그렇게 차곡차곡 쌓인 고임은 어느새 한 자 높이의 원통형 고임상이 되었고, 그 뒤에는 병풍이 둘러졌었다.

많이 쌓일수록 오래 살기를 바라는 마음이었고, 단단히 올릴수록 집안의 기운이 흔들리지 않기를 바라는 기원이 담겼기에 고임을 쌓는 손길은 유난히 조심스러웠고, 그 일을 맡은 어른들은 말수가 적었다. 전시장에 놓인 잔칫상 모형은 그 모든 시간을 압축해 보여 주고 있었다.

국립민속박물관 회갑연 고임상 모형

     종로 산책

지금은 케이크 하나로 생일을 기념하지만, 그때의 잔치는 사람과 사람, 손과 시간이 겹겹이 쌓여 만들어진 것이었다. 고임상은 결국 음식을 넘어, 한 사람의 생을 마을 전체가 함께 떠받들던 방식이었음을, 다시금 되새기게 했다.

전시된 전통 한복의 모습에서는 자연스레 박물관 밖의 풍경이 떠올랐다. 유리 진열장 안의 한복은 세월을 머금은 채 단정하게 놓여 있었고, 색과 선에는 절제된 품격이 배어 있었다.

국립민속박물관 전통 한복

한편 경복궁과 서촌, 북촌 한옥마을 일대에서 외국인 관광객들에게 대여되는 한복은 밝고 경쾌해 보이지만, 왠지 약간은 퓨전 느낌이 들었다. 같은 한복이지만, 하나는 삶의 시간 속에 스며든 옷이었고, 다른 하나는 현재의 시선으로 다시 태어난 옷처럼 느껴졌다.

요즈음 한복은 일상에서 점점 멀어져, 결혼식장에서 신랑, 신부 어머니들이 입는 옷 정도로만 남아 있다. 우리의 삶 속에서 자연스럽게 입히던 옷은 어느새 특별한 날의 상징이 되었고, 기억 속 전통으로 밀려나고 있다.

반면 궁궐과 서촌, 북촌의 거리에서는 외국인 관광객들이 한복을 입고 한국 문화를 즐긴다. 그들에게 한복은 박물관 속 유물이 아니라, 직접 입고 걷고 사진에 담는 살아 있는 문화다. 이 대비되는 풍경은 정작 우리가 멀리해 온 전통을, 타인의 시선 속에서 다시 마주하게 만든다.

외국인들에게서 되살아난 한복의 생동감은 반갑지만, 동시에 우리 일상에서 사라져 가는 현실을 떠올리게 한다는 점에서 작은 아쉬움이 남았다.

비록 감각과 쓰임은 달라졌지만, 수백 년을 함께한 전통 옷이 오늘날에도 전 세계인들에게 여전히 사랑받고 있다는 사실이 새삼스럽게 마음을 채웠다.

국립민속박물관에서 만난 한복이 과거의 시간이었다면, 외국인 관광객들이 입고 거니는 한복은 현재의 시간이었다.

전통 혼례의 모습을 담은 모형 앞에 서자, 자연스레 최명희 선생의 '혼불' 속 전통 혼례 장면들이 겹쳐 떠올랐다. 책 속에서 혼례는 단순한 의식이 아니라, 한 집안의 시간과 마을의 질서가 모두 모여 만들어지는 커다란 서사였다. 신부의 치맛자락이 바람에 스칠 때의 긴장, 기러기를 받들고 들어오던 순간의 숨죽임, 상 위에 놓인 음식 하나하나에 담긴 의미까지 섬세한 묘사들이 눈앞의 모형과 조용히 포개졌다.

더불어서 자연스럽게 어린 시절의 동네 마당에서 벌어지던 전통 혼례식의 기억도 따라왔다. 혼례 잔치가 열리던 날이면, 동네 마당 위에는 커다란 차일이 쳐졌다. 장대를 세우고 줄을 걸어 천을 당기면, 햇볕이 부드럽게 걸러지며 마당은 순식간에 다른 세계가 되었다. 평소에는 곡식을 널고 아이들이 뛰놀던 마당이었지만, 차일이 드리워지면 그곳은 잔치를 위한 공간, 의례를 위한 무대로 바뀌었다.

국립민속박물관 전통 혼례 모형

어른들은 분주했고, 아이들은 이유 없이 들떠 있었다. 그날만큼은 동네 전체가 하나의 잔칫집이 되었다. 회갑 잔치도, 결혼 잔치도 모두

그러했다. 특정 집안의 경사가 아니라, 온 동네가 함께 치르는 축제였다. 누군가는 음식을 나르고, 누군가는 상을 차리며, 또 누군가는 그저 자리를 지켜 주는 것만으로도 잔치에 참여했다. 웃음과 이야기, 음식 냄새가 골목을 채웠고, 그날의 소란은 오래도록 기억 속에 남았다.

지금은 혼례를 '행사'로 치르지만, 그 시절의 혼례는 삶의 한 장면이자 공동체의 의식이었다. 두 사람의 새로운 출발을 위해 많은 사람들이 손을 보태고 시간을 내던 방식과 그 느린 준비와 북적임 속에서, 사람들은 서로의 삶을 자연스럽게 엮어 왔다는 사실을 이 모형 앞에서 다시금 떠올리게 했다.

국립민속박물관 내부의 전시품들과는 달리, 건물의 외관이나 배치에 대해서는 여전히 여러 의견으로 갈린다. 경복궁 동측에서 향원정을 향해 사진을 찍게 되면, 늘 국립민속박물관의 모습이 저 멀리 배경으로 어우러져 보였다. 그러나 멀리서 볼 때는 별로 못 느꼈지만 막상 가까이서 보니, 이 건물은 궁궐의 일부처럼 느껴지기보다는 후대에 덧붙여진 시설처럼 보였다.

경복궁은 광화문에서 근정전을 지나 강녕전으로 이어지는 명확한 중심축과, 그 축을 따라 형성된 위계와 여백의 미학으로 완성된 공간이다. 각각의 전각들은 스스로를 드러내기보다, 앞뒤 마당과 주변 경관에 자신을 맞추며 존재하고 있는 반면, 국립민속박물관은 독립된 현대 박물관으로서의 기능과 내부 동선을 우선해 계획되었고, 그 결과 궁궐의 공간 질서에는 완전히 편입되지 못한 채 곁에 서 있는 느낌을 받게 했다.

이 문제는 오래전부터 건물의 매스와 재료가 궁궐의 수평적 경관과 충돌한다는 지적과 궁궐 내부 시설로서의 위치 적절성에 대한 논의가 반복되어 왔다. 이는 역사적 공간 안에 현대 건축을 어떻게 두어야 하는가라는 질문으로 확장되었다.

그 논의는 결국 국립민속박물관을 경복궁 밖으로 이전하는 계획을 공식화했고, 세종특별자치시에 새로운 민속박물관을 건립하는 방안이 추진 중이다. 이 계획이 현실화될 경우, 현재의 민속박물관 건물은 철거되고, 그 자리는 경복궁의 원형 복원 또는 역사적 경관 회복을 위한 공간으로 재편될 예정이다.

**국립민속박물관**

궁궐이라는 강력한 장소성 앞에서 현대 건축은 얼마나 스스로를 낮추어야 하는지, 기능과 효율을 넘어 장소의 기억에 어떻게 응답해야 하는지에 대한 질문이 떠올랐다.

이 건물은 철거되고, 언젠가는 경복궁이 복원될 계획이다 보니 지금 보고 있는 모습이 하나의 기록처럼 느껴졌다.

# 15
# 대한민국역사박물관

대한민국역사박물관 팸플릿

# # 대한민국역사박물관

9월의 공기는 분명히 방향을 틀었다. 여름의 열기는 한발 물러났지만, 가을은 아직 완전히 드러나지 않은 채 조심스럽게 기척만 남기고 있었다. 점심 식사를 마치고, 대한민국역사박물관을 찾아갔다.

대한민국역사박물관 내부 '새마을 운동' 소개

광화문 일대에서 점심을 먹고 나오면 늘 같은 풍경이 펼쳐진다. 분주한 사거리, 광화문 광장을 가로지르는 사람들, 그리고 그 너머로 이어지는 경복궁의 월대와 담장, 그리고 요즈음 광화문광장을 중심으로 주변 건물들의 외관에 부쩍 늘어난 LED 광고판들이 수직적인 뉴욕의 센트럴 파크와 달리, 수평적 전개를 하고 있다.

오늘은 대한민국역사박물관을 찾아가 보았다. 이곳은 발주처 사무실이 있는 이마빌딩과 길 하나를 사이에 두고 마주한 건물로, 늘 가까이 있었고, 입장이 무료라서 마음만 먹으면 언제든 들어갈 수 있는 곳이지만, 여태껏 들러 보지 않다가 오늘에서야 처음으로 둘러보게 되었다.

그전부터 이곳은 3층의 카페에서나 8층 옥상에서 경복궁을 내려다볼 수 있어서 더욱 매력이 있는 곳이라고 듣고 있던 터였다.

이 박물관의 전시는 시간을 나열히기보다, 그 시간을 통과해 살아온 사람들의 발걸음을 따라가도록 구성되어 있었다.

관람 동선은 개항기에서 출발해 일제강점기, 해방과 전쟁, 산업화와 민주화로 자연스럽게 이어지며, 한 전시실에서 다음 전시실로 옮겨 갈수록 시대의 공기 역시 조금씩 달라졌다. 층을 오르내리는 구조 속에서 역사는 책 속의 연표가 아니라, 몸으로 이동하며 체감하는 흐름이 되었다.

전시실 한 켠에는 삼륜차가 놓여 있었다. 간단한 차체와 소박한 형태는 오늘날의 자동차와는 비교할 수 없지만, 그 앞에 서면 전쟁 이후의 거리와 생계를 짊어졌던 사람들의 풍경이 겹쳐졌다. 물자를 싣고,

사람을 태우고, 도시의 골목을 바쁘게 오갔을 그 삼륜차는 산업화 이전 한국 사회의 숨 가쁜 생존을 조용히 증언해 주는 듯했다.

각기 다른 층에는 '대한민국 최초의 고유 모델'로 불리는 시발과, 이후 등장한 포니가 등장했다. 특히 포니 앞에서는 발걸음이 자연스레 느려졌다. 수출과 성장 그리고 우리 손으로 만든다는 자부심이 사회 전반을 채우던 시기의 상징처럼, 이들 자동차는 단순한 전시물이 아니라 한 시대의 욕망과 가능성을 응축한 결과물로 다가왔다.

새로 도색한 차체는, 그 차가 달렸을 도로와 그 안에 앉아 있었을 사람들의 얼굴을 상상하게 만들었다.

역사박물관의 전반적인 전시는 과장된 연출 대신, 사진과 기록, 영상, 실물 유물에 집중했다. 닳아 버린 물건들, 흑백사진 속 시선, 짧은 영상 기록들은 사건의 크기보다 개인의 시간을 전면에 놓고 있었다. 교과서에서 문장으로만 접했던 역사들이, 여기서는 생활의 온도와 무게를 가진 장면으로 다시 나타냈다.

관람을 마치고 옥상으로 올라서자 경복궁 월대에서 청와대, 북악산으로 이어지는 풍경이 한눈에 들어왔다. 방금까지 실내에서 마주했던 삼륜차와 포니, 그리고 그 너머의 격동의 시간들이 현재의 시간들에 겹쳐졌다. 박물관 안에서 걸어온 과거와 옥상 위에 펼쳐진 오늘이 나란히 놓이는 순간, 이 공간은 단순한 전시장이 아니라 시간의 층위를 보여 주는 하나의 풍경이 되었다.

옥상에서 경복궁 사진을 담은 뒤, 내려와 3층 카페에 잠시 들렀다.

대한민국역사박물관 옥상에서 바라본 경복궁

이곳 역시 경복궁을 전망하며 차를 마시기 좋은 자리였다. 난간 너머로 펼쳐진 궁궐을 바라보며 앉아 있으니, 방금 보고 온 근현대사의 장면들이 현재의 풍경과 겹쳐졌다.

왕조의 시간, 식민지와 전쟁의 시간, 산업화의 시간, 그리고 지금의 점심시간까지 서로 다른 시간들이 한 시야 안에 오버랩되었다.

발주처 사무실이 있는 이마빌딩과 마주 보고 있는 이곳은 현대적인 업무 공간 바로 앞에, 한 나라의 굴곡진 역사가 정리된 공간이 있다는 사실이 묘한 대비를 만들었다.

이 역사박물관은 무료입장임에도 관람객은 많지 않았다. 특별한 결심이나 준비 없이도 들어올 수 있다는 점에서, 이곳은 관람지라기보다 생활권의 역사 공간에 가깝게 느껴졌다.

관람을 마치고, 다시 밖으로 나왔다. 대한민국역사박물관에서 보낸 점심시간은 단순한 휴식이 아니라, 지금 이 도시에서 일하며 살아간다는 감각을 다시 정리해 준 시간이었다.

# 16

# 국립현대미술관

국립현대미술관 서울관

# #론 뮤익 전시

광화문에 사무실이 있는 직장인들에게 점심 식사 후 행선지는 선택의 여지에 따라 폭이 넓다. 조금만 방향을 틀면 궁궐이 나오고, 박물관과 미술관이 이어진다. 그래서인지 이곳에서의 점심시간 산책은 단순한 휴식이 아니라, 그날의 마음 상태를 드러내는 선택처럼 느껴진다. 얼마 전 지인이 광화문의 국립현대미술관에서 론 뮤익 전시를 관람했다는 이야기를 듣고, 오늘 점심에는 자연스레 이곳을 찾게 되었다.

국립현대미술관 서울관 내부

사무실에서 나와 광화문광장을 건너면, 경복궁 담장과 맞닿은 낮은 건물들이 이어진다. 국립현대미술관 서울관은 처음부터 눈에 띄는 존재는 아니다. 오히려 주변과 높이를 맞추며 몸을 낮춘 모습이다.

경복궁의 지붕선과 충돌하지 않기 위해 의도적으로 수평을 강조한 구성, 여러 동이 마당과 골목처럼 이어지는 배치가 이곳의 첫인상이었다.

국립현대미술관으로 바뀐 옛 기무사령부 건물

이 장소가 지닌 시간의 층위는 건물의 태도만큼이나 복잡하다. 이곳은 한때 옛 기무사령부가 자리했던 곳이다. 특히 1979년 12·12 군사 쿠데타의 핵심 무대였던 장소라는 역사적 배경은, 이 미술관을 단순한 문화시설로만 보게 두지 않는다. 전두환 군부 정권이 쿠데타 성공 이후 이 건물을 배경으로 상징적인 기념 촬영을 남겼다는 사실은, 지금의 고요한 미술관 풍경과 묘한 대비를 이루고 있었다. 권력의 폐쇄적 공간이 시민에게 열린 문화 공간으로 바뀌었다는 점에서, 이 장소 자체가 하나의 전시처럼 느껴졌다.

**론 뮤익 전시품**

오늘의 목적지는 세계 조각 거장으로 알려진 호주의 '론 뮤익' 개인전 전시였다. 전시장에 들어서자, 론 뮤익의 조각은 사진보다 실물이 훨씬 더 낯설었다.

인간의 피부, 주름, 혈관, 머리카락까지 집요하게 재현된 형상들은 극사실적이지만, 크기에서 현실을 비틀고 있었다. 지나치게 크거나, 지나치게 작았다. 그 어긋난 스케일이 관람자를 불편하게 만들고, 동시에 시선을 떼지 못하게 했다.

거대한 인체 앞에 서면 압도당하고, 축소된 인물 앞에서는 오히려 관람객의 몸체가 커진 듯한 기분이 들었다.

론 뮤익의 작업은 '사람을 만든다'라기보다 '사람을 바라보는 나 자신'을 드러냈다. 표정은 과장되지 않았고, 자세는 극적이지 않았다. 대신 아주 사적인 순간인 기다림, 노화, 고독, 무력감 등이 조각으로 고정되어 있었다. 점심시간에 스쳐 지나가기에는 묘하게 무거운 감정들이지만, 그렇다고 외면할 수도 없었다.

국립현대미술관 서울관 내부

전시장 안은 조용했다. 관람객들은 말수가 적었고, 작품 앞에서 오래 멈춰 섰다. 사진으로 보았을 때보다 실제 작품 앞에서 더 많은 시간이 필요했다. 피부의 결, 시선의 방향, 손의 긴장 같은 세부가 생각보다 많은 이야기를 품고 있었다. 인간을 이렇게까지 사실적으로 만들어 놓고도, 오히려 인간의 연약함을 강조하는 방식이 인상 깊었다.

국립현대미술관의 공간들은 그동안 삼청공원과 북촌 한옥마을을 오가며 자주 지나쳤던 곳이지만, 오늘은 전시를 보고 나오면서 이곳의 공간 구성과 건물의 구조를 눈여겨 살펴보았다.

낮은 동선, 마당을 중심으로 한 구성, 경복궁 담장과 자연스럽게 이어지는 외부 공간들은 안으로 몰입하게 만들었다가, 밖으로 나가 숨을 고르게 하였다.

권력의 기억이 남아 있던 땅 위에, 이렇게 사람의 얼굴과 감정을 마주하게 하는 전시가 열리고 있다는 사실이 의미심장하게 느껴졌다.

# \# 국립현대미술관 덕수궁관

광화문 일대에서 일하는 직장인에게 점심시간은 선택의 시간이다. 짧지만 자유롭고, 익숙하지만 매번 다른 방향을 고를 수 있다. 궁궐로 갈 수도 있고, 박물관이나 미술관으로 들어갈 수도 있다. 오늘 점심시간의 발걸음은 덕수궁 안에 자리한 국립현대미술관 덕수궁관으로 향했다.

덕수궁 대한문을 지나 안으로 들어서면, 이 궁궐이 다른 고궁들과는 결이 다르다는 사실을 금세 느끼게 된다. 전통 목조건축 사이로 서양식 석조 건물이 자연스럽게 끼어 있다.

국립현대미술관 덕수궁관

석조전과 그 서관 건물이 바로 그 중심에 있다. 대한제국 시기, 고종이 근대 국가를 지향하며 세운 이 건물은 조선의 궁궐 안에 들어선 최초의 본격적인 서양식 건축이었다. 왕의 거처이자 외교와 근대 국가의 상징이었던 공간은, 시대의 변화 속에서 그 역할을 달리해 왔다.

현재 국립현대미술관 덕수궁관으로 사용되고 있는 이 석조 건물은, 한때는 왕실의 공간이었고, 이후에는 박물관과 전시 공간을 거쳐 지금은 근대와 현대 미술을 담는 장소가 되었다.

국립현대미술관 덕수궁관 내부

덕수궁관은 국립현대미술관의 여러 분관 중에서도 비교적 분명한 성격을 지고 있다. 주로 20세기 초중반, 한국 근대미술과 그 흐름을 조망하는 전시가 이곳에서 이루어진다.

 종로 산책

미술관 내부로 들어서니, 궁궐이라는 장소가 주는 무게감이 전시의 배경으로 자연스럽게 작용했다. 높은 천장과 두꺼운 벽, 규칙적인 창의 배열은 화이트 큐브 미술관과는 전혀 다른 분위기를 만들고 있었다. 작품은 공간을 지배하기보다, 공간과 대화를 나누고 있었다. 회화와 조각, 기록물들은 이곳이 단순한 전시장이 아니라 '시간이 켜켜이 쌓인 장소'임을 전제로 놓고 배치된 듯했다.

광복 80주년 기념 '향수 고향을 그리다' 특별전

전시를 따라 천천히 걷다 보니, 작품만큼이나 공간 자체가 말을 건넸다. 왕이 머물던 공간에서, 식민지 시기를 거치고, 전쟁과 산업화를 지나, 지금은 시민이 자유롭게 드나드는 미술관이 되었다는 사실들을 이 건물은 숨기지 않았다. 오히려 그 이력 덕분에, 작품 속 근대의 얼굴들이 더 또렷하게 다가왔다. 국가와 개인, 이상과 현실 사이에서 흔들리던 시대의 감정들이, 이 장소에서는 설득력을 갖고 있었다.

**광복 80주년 기념 특별전**

　국립현대미술관 덕수궁관은 그 경계에 정확히 서 있었다. 고궁도 아니고, 도시도 아니며, 과거도 현재도 아닌 상태와 그 애매한 위치 덕분에 이 미술관은 색다른 의미를 지니고 있었다.

　점심시간이라는 제한된 시간 속에서 이 공간을 모두 이해할 수는 없었지만 덕수궁관은 길게 설명하지 않아도 많은 것을 느끼게 했다.

　고궁 안에 들어선 현대미술관이라는 사실 자체가 무엇을 보존하고, 무엇을 전시하며, 무엇을 현재로 불러들이는가에 대해, 작품보다 먼저, 공간을 통해 관람자에게 메시지를 주고 있었다.

전시를 보고 다시 궁궐 마당으로 나서자, 정동길 너머로는 다시 일상의 시간이 기다리고 있었다.

덕수궁 안의 국립현대미술관은, 미술을 보기 위해 일부러 시간을 내야 하는 곳이라기보다, 도시 한복판에서 잠시 과거와 현재를 동시에 마주하게 하는 장소였다.

17

# 서울역사박물관

　오늘은 날씨가 꽤나 쌀쌀해서 점심 식사 후 사무실로 곧바로 들어갈까 하다가, 이내 경희궁 쪽으로 발걸음을 옮겼다. 경희궁은 크게 넓지 않아서 늘 빠르게 둘러보게 되는 궁궐이다. 복원된 전각의 수가 많지 않아, 한겨울의 경희궁 동선은 짧고 간결하다. 잎을 떨군 나무들 사이로 드러난 빈터는, 이곳이 본래 궁궐이었음을 설명하기보다 오히려 그 상실을 말해 준다. 궁궐을 잠시 걷다가, 자연스럽게 발걸음은 따뜻한

서울역사박물관

난방이 기대되는 서울역사박물관으로 향했다.

경희궁에서 서울역사박물관으로 가면서 박물관과 새문안로 사이에 서 있는 전차 381호 한 량이 가장 먼저 눈에 들어왔다. 차체에 적힌 '서대문'이라는 행선지는, 목적지라기보다 하나의 시간 좌표처럼 느껴졌다. 이 전차 앞에서 서울의 시간이 갑자기 속도를 늦췄다.

서대문행 381호 전차

전차 옆 조형물은 1960년대의 흔한 등굣길 풍경을 재현하고 있었다. 도시락을 깜빡한 학생과 그것을 전하기 위해 전차 곁에 선 어머니, 그리고 그 순간을 바라보는 관객 사이에는 눈에 보이지 않는 시간이 흐르게 했다.

전차가 종로와 서대문을 오가던 시절, 도시는 지금보다 훨씬 느렸지

만 질서가 생겨나던 중이었다. 전차는 서울에 처음으로 '정해진 흐름'
을 가져왔다. 노선과 정류장, 출발과 도착이라는 개념은 도시의 하루
를 구조화했고, 사람들의 생활 반경을 확장시켰다.

자동차가 도시를 지배하기 전에 전차는, 걷는 속도와 도시의 크기 사이
에서 균형을 이루던 교통수단이었다. 이 한 량의 전차는, 단지 사라진 교
통수단이 아니라 서울이 도시가 되어 가던 과정 자체를 상징하고 있었다.

그 전차 뒤로 서 있는 서울역사박물관은, 그렇게 흘러온 도시의 시
간을 실내로 끌어들였다. 문을 열고 들어서는 순간, 바깥의 한기는 자
연스럽게 정리되고 시선은 현재에서 과거로 방향을 바꿔 주었다.

서울역사박물관 내부

서울역사박물관의 1층은 본격적인 역사 서사에 앞서, 도시 서울의
'지금'을 다루는 공간이었다. 이곳에는 조선에서 현대까지를 관통하는

상설 서사가 펼쳐지기보다는, 기획전과 특별전을 통해 특정 주제의 서울을 조명하는 전시들이 이루어지고 있었다.

서울역사박물관의 로비 공간은 넓게 열려 있었고, 관람객은 특정한 방향으로 밀려가기보다, 스스로 시선을 선택하며 전시와 마주할 수 있도록 했다.

시민이 기증한 생활 유물이나 기록물들이 전시된 공간에서는, 서울의 역사가 거창한 사건만으로 이루어진 것이 아니라 누군가의 일상과 기억 위에 쌓여 왔다는 사실을 조용히 드러냈다.

박물관 내부에는 크고 열린 계단과 복도가 공간을 수직과 수평으로 연결하며, 자연스럽게 관람객을 도시의 시간 속으로 안내하는 동선을 형성하고 있었다.

특히 1층 로비에서 상설 전시기 전개되는 공간으로 올라가는 계단은 단순한 통로를 넘어 과거와 현재를 이어 주는 연결 축처럼 느껴지도록 설계되어 있었다. 이 계단을 오를 때, 주변 전시 조명과 천장의 채광이 어우러지며 밝은 내부 공간이 마치 시간의 겹을 넘어 들어오는 것 같은 인상을 주었다.

박물관의 전시는 서울을 단선적인 역사로 설명하지 않는다. 한양 도성의 구조에서 출발해, 조선의 수도, 개항 이후의 변화, 일제강점기, 전쟁과 산업화, 그리고 재개발까지 서울은 언제나 진행 중인 도시였다는 메시지가 전시 전반을 관통했다. 특히 지도와 모형들은 도시의 선택을 가감 없이 드러냈다.

성곽은 허물어지고, 성문은 사라졌으며, 직선 도로가 그 자리를 대신했다. 편리함과 효율이라는 이름으로 선택된 변화들 속에서, 얼마나 많은 풍경과 삶의 자리가 밀려났는지도 함께 보여 주고 있었다.

서울은 발전해 왔지만, 그 발전은 언제나 대가를 요구했다는 사실을 이곳에서는 숨기지 않았다.

광화문 육조거리 모형 앞에 서니, 지금 걷고 있는 거리와 겹쳐졌다. 조선의 행정 중심이었던 공간 위에 현대의 도로와 건물이 포개진 모습은, 서울이 얼마나 많은 시간을 압축해 안고 있는 도시인지를 실감하게 했다.

광화문 육조거리 모형

한겨울의 점심시간에 경희궁을 스쳐 지나 서울역사박물관까지 이어진 이 짧은 산책은, 서울이 무엇을 남기고 무엇을 선택해 왔는지를 다시 묻게 했다.



종로 산책

# 18

# 세종문화회관

세종문화회관

# 세종문화회관 대극장

평일 점심시간 광화문 사무실 주변을 산책하는 일이 바쁜 일과의 스트레스를 날려 주는 작은 루틴이다. 오늘은 평일 점심시간 혼자만의 호사를 주말에 아내와도 함께 나누기 위해, 세종문화회관 대극장의 뮤지컬 팬텀을 관람하였다.

세종문화회관 대극장 로비

2016년부터 2020년까지 약 4년 동안 인도의 JIO WORD 프로젝트의 현장 소장으로 근무하면서, 이 프로젝트 속에 2천석 대극장이 포함되어 있어서 극장 시설을 둘러볼 겸, 눈높이를 높이려고 개인 돈을 들여 모스크바의 볼쇼이 극장, 노르웨이 오슬로 오페라하우스, 브라질 리오 데자네이루 시립극장 등을 여행하면서 발레와 뮤지컬 등을 관람했던 경험이 있었는데, 오늘은 한국에서 귀국 후 처음으로 뮤지컬 공연을 관람하게 되었다.

막이 오르자 어둠 속에서 떠오른 무대와 첫 음이 객석을 단숨에 끌어당겼다. 이 공연의 중심에는 단연 팬텀이 있었다.

전동석이 연기한 팬텀(에릭)은 고독과 광기가 뒤엉킨 인물이었다. 폭발적인 가창력으로 감정을 밀어붙이면서도, 미세한 표정과 정지된 몸짓으로 상처 입은 내면을 놓치지 않았다. 특히 크리스틴을 바라보는 순간마다 드러나는 흔들림은, 이 인물이 괴물이기 이전에 외로운 인간임을 또렷하게 각인시켰다.

크리스틴 다에는 팬텀의 감정을 비추는 거울처럼 존재했다. 장혜린의 맑고 투명한 음색은 크리스틴의 순수함을 설득력 있게 만들었고, 팬텀과 마주하는 장면에서는 두 인물 사이에 팽팽한 긴장과 감정의 교류가 분명하게 살아났다. 이 관계가 무너지지 않았기에, 공연 전체의 감정선도 끝까지 유지될 수 있었다.

이날 공연에서 가장 오래 남은 장면은 무대 중반 등장한 발레리나, 에릭의 어머니였다. 말 한마디 없이 이어진 고전 발레의 절제된 움직임 속에 어린 에릭의 결핍과 그리움이 고스란히 담겼고, 조명 아래 흐르던 그 장면은 공연의 정서를 단숨에 응축시켰다.

그 외의 인물들은 각자의 자리에서 서사를 지탱했다. 누군가는 긴장을, 누군가는 숨을 돌릴 여백을 만들었고, 또 누군가는 무대의 균형을 잡았다. 모두가 전면에 나서지는 않았지만, 그 존재들이 있었기에 팬텀과 크리스틴의 이야기는 흔들리지 않았다.

이날의 팬텀은 화려함보다 감정의 밀도로 기억되는 공연이었다. 몇몇 결정적인 장면과 인물만으로도, 관객의 마음을 끝까지 붙잡아 두기에 충분했다.

전통적인 오페라 하우스의 화려한 로비와 지하의 음습한 은신처, 그리고 팬텀의 고독한 공간을 정교한 무대 세트와 입체적인 조명으로 구현하여 장면마다 몰입감을 극대화했다.

여기에 무대 아래 오케스트라 피트에서 모습을 드러내지 않고 연주하는 오케스트라는, 장면의 감정과 흐름을 음악으로 이끌어 가며 배우들의 호흡과 완벽히 맞아떨어지는 연주로 공연의 생명력을 불어넣었다. 지휘자는 단순히 박자를 맞추는 역할을 넘어, 무대 위 배우와 피트속 연주자를 하나의 유기체처럼 연결하며 장면마다 음악의 색채와 긴장감을 조율했고, 그 정교한 호흡이 있었기에 관객은 무대와 객석의 경계를 잊은 채 완벽한 몰입을 경험할 수 있었다.

이번 공연은 각 배우가 자신의 배역을 완벽하게 해석하고, 보이지 않는 곳에서 음악으로 극을 지탱하는 오케스트라와 지휘자의 헌신이

어우러져 음악, 연기, 무대미술이 하나로 빛나는 수작이었다.

팬텀의 비극과 아름다움이 공존하는 서사는 배우들의 세밀한 연기와 가창, 그리고 무대 아래의 음악적 힘 속에서 더욱 입체적으로 살아났다.

세종문화회관 대극장 내부

세종문화회관 대극장의 음향은 공연의 모든 순간을 섬세하게 감싸 안았다. 저음의 현악기는 팬텀의 고독과 내면의 분노를 깊이 있게 담아냈고, 고음의 금관과 목관 악기는 크리스틴의 순수함과 희망을 섬세하게 비췄다.

1층 중앙 객석에서 바라본 무대는 넓고 깊게 펼쳐져 있었으며, 좌우와 뒤편 공간은 배우들의 동선을 넉넉히 품어 역동적인 장면 전환을 가능하게 했다.

　대극장의 높은 천장은 조명 디자인에 충분한 여유를 주어, 대형 샹들리에와 스포트라이트가 극적인 순간마다 공간을 빛내며 공연의 감동을 배가시켰다.

　커튼콜에서는 배우들이 무대 앞으로 나와 관객과 눈을 맞추며 환하게 미소 지었고, 객석에서는 기립박수와 함성이 터져 나왔다.

**팬텀 공연 후 커튼콜**

　세종문화회관 대극장을 가득 채운 박수 소리와 환호는 공연이 끝난 뒤에도 오랫동안 로비와 계단을 타고 울려 퍼졌다. 이곳은 단순히 공연을 관람하는 공간을 넘어, 배우와 관객이 감정을 나누며 하나 되는 예술의 공간임을 다시금 깨닫게 하는 특별한 장소였다.

# 세종문화회관 미술관

　오늘은 퇴근 후 세종문화회관 미술관에서, 샌디에이고 미술관 특별전 '르네상스에서 인상주의까지'를 관람했다.

　세종문화회관 미술관의 전시는 대개, 석 달에서 넉 달 가량의 간격으로, 다음 전시에게 자리를 내준다. 오래 붙잡아 두지도, 성급히 밀어내지도 않는 이 간격은 마치 하나의 계절처럼 시간의 흐름으로 받아들이게 만든다.

세종문화회관 미술관

르네상스에서 인상주의에 이르는 긴 미술사의 궤적은 제한된 전시 기간 속에서 응축되어, 세종문화회관 미술관이 오랫동안 유지해 온 전시의 호흡과 태도를 다시 한번 또렷하게 보여 주었다.

세종문화회관은 공연과 전시를 위해 일부러 마음을 단단히 준비해야만 들어가는 장소라기보다, 도시의 일상 속에 자연스럽게 열려 있는 문화의 현관에 가깝다.

광화문광장이라는 서울의 중심에서, 권력과 행정, 언론과 자본의 언어가 교차하는 자리 한복판에 놓여 있으면서도, 이 공간은 오랫동안 시민들에게 다른 속도의 시간을 허락해 왔다. 낮에는 관광객과 직장인이 스쳐 지나가고, 저녁이 되면 퇴근길의 발걸음이 잠시 머물며 음악과 그림, 무대와 마주하는 세종문화회관은 '특별한 날'의 문화보다 '살아 있는 하루' 속의 문화를 지향해 온 장소이다.

세종문화회관 미술관

그중에서도 세종문화회관 미술관은 거창한 미술사적 선언보다는, 지금 이 도시에 사는 사람들이 예술과 처음 만나는 접점의 역할을 충실히 해 왔다.

해외 유수 미술관의 소장품을 서울 한복판으로 불러오고, 고전과 현대를 가로지르는 전시를 통해, 미술이 전문가의 언어가 아니라 감각의 경험임을 보여 준다.

점심시간의 짧은 관람, 퇴근 후의 느린 산책, 혹은 공연 전후의 여백 같은 일상적인 틈 속에서 미술을 마주할 수 있게 한 것 역시 이 공간이 지닌 중요한 기능이다.

세종문화회관 미술관의 전시는 학술적 엄밀함을 유지하면서도 과도한 장벽을 세우지 않고, 작품과 관람자 사이에 설명과 조명, 동선이라는 보이지 않는 배려를 해 주고 있었다.

세종문화회관 미술관 내부

그래서 세종문화회관 미술관에서의 전시는 단순한 관람을 넘어 도시가 시민에게 건네는 문화적 휴식이자, 오늘의 삶과 오래된 시간 사이를 잇는 조용한 통로 역할을 해 준다.

퇴근 후 이곳에 들어선다는 것은, 하루의 피로를 내려놓고 잠시 다른 시대의 시선으로 세상을 바라보는 연습을 하는 일에 가까웠다.

지난 5월 16일부터 8월 31일까지 전시했던 '모네에서 앤디 워홀까지'는 요하네스버그 아트갤러리 특별전의 관람이었고, 오늘은 25년 11월 5일부터 내년 2월 22일까지 진행되는 '르네상스에서 인상주의까지'는 샌디에고 미술관 특별전의 관람이었다.

**샌디에고 미술관 특별전**

이번 전시는 400여 년을 뛰어넘는 서양미술사의 흐름을 한 자리에서 따라가 볼 수 있다는 설명이 덧붙어 있었다. 도시 속에서 시간을 막 접은 직장인이, 퇴근 후 다시 몇 세기를 거슬러 올라간다는 것 그 자체가 이미 예술적 경험이었다.

'빛과 인체, 그리고 생각의 변화' 첫 섹션은 르네상스. 조명이 정면이 아닌 측면에서 낮게 비추며, 인물과 사물의 윤곽이 차분히 살아났다. 인체를 신의 영역이 아닌 인간의 것으로 끌어내리던 시절, 조각처럼 정제된 균형 속에 긴장감이 감돌았다. 표면적으로는 고요하지만, 그 이전 시대와의 결별을 담아내고 있음을 알 수 있었다.

바로크에서는 빛이 움직였다. 그림자는 더 짙어지고, 감정은 격정으로 솟구쳤다. 마치 도시의 하루가 내내 수평으로 이어지다가, 퇴근 후 순간적으로 수직으로 떨어지는 느낌이었다. 그 다음으로 이어진 신고전주의, 낭만주의는 시대의 사고방식과 감정의 대립을 보여 주었다.

전시 후반부에서 인상주의 섹션으로 넘어가자 조명의 톤이 한층 부드러워졌다. 정확한 묘사의 시대에서, 순간의 감각을 표현하는 시대로 넘어가듯이. 색은 형태보다 먼저 다가왔고, 빛은 물질이 아닌 '기억'으로 표현되었다. 그림들을 하나하나 살피며 관람하던 중, 문득 설명 태그에 반복되는 '캔버스에 유채', '패널에 유채'라는 문구가 눈에 들어왔다. 순간, '500년, 600년 전에도 이런 재료를 지금처럼 정교하게 만들 수 있었을까?' 하는 생각이 스쳤다.

빛과 색을 통해 순간을 포착한 예술 작품이 지금까지 온전히 남아 있다는 사실은 단순히 화가의 천재성만으로 설명되기엔 부족해 보였다. 집에 돌아와 관련 자료를 찾아보니, 화폭이 되는 바탕은 이미 그림이 그려지기도 전에 예술의 일부로서 태어나고 있었다.

르네상스 시대의 화가들은 그저 붓을 들고 그림만 그린 것이 아니라, 때로는 계절을 몇 번이나 통과하며 자연 건조된 목재를 골랐고, 때로는 바닷바람에 맞서 돛을 만들던 질긴 천을 가져와 정교하게 정리한 뒤, 그 위에 유채 물감을 얹었다.

샌디에고 미술관 특별전

당시의 목재 패널은 뒤틀림을 막기 위해 섬세하게 결 방향을 맞추어 제작되었고, 표면에는 석고와 아교를 섞은 바탕재를 여러 차례 올린 후 매끈하게 연마했다. 캔버스 역시 단순한 천이 아니라, 대마나 리넨을 팽팽하게 당겨 틀에 고정하고 아교칠을 한 다음, 서서히 안정되도



종로 산책

록 시간을 두어 준비했다.

베네치아와 같은 습한 지역에서는 나무보다 가벼우면서도 환경 변화에 덜 민감한 캔버스가 빠르게 확산되었고, 반대로 북유럽에서는 견고한 패널이 오히려 선호되기도 했다. 그 위에 얹힌 유채는 15세기 플랑드르 지방에서 완성된 기법으로, 서서히 마르기 때문에 색을 켜켜이 쌓아 올릴 수 있었고, 빛의 흐름과 감정을 보다 정밀하게 표현하는 데 적합했다.

결국 이번에 마주한 그림들은 단지 물감과 붓으로 탄생한 것이 아니라, 수십 년, 아니 수백 년을 버텨낼 수 있도록 철저히 준비된 재료 위에 쌓아 올려진 시간의 흔적이었다.

작품 앞에서 느꼈던 고요한 감동은, 어쩌면 그 순간에만 머문 것이 아니라 그 바탕에서 이미 시작되고 있었는지도 모른다.

예술은 그려지는 순간에만 태어나는 것이 아니라 그 바탕이 조용히 숨 쉬기 시작할 때, 이미 삶을 담을 준비가 되어 있었던 것이다.

이번 미술관 관람도 빛이 유리잔에 담기듯 캔버스 위에 고여 있는 '퇴근 후 미술 한 잔'을 경험한 하루였다.

# 19
# 서울시립미술관

서울시립미술관

# # 천경자 탄생 100주년 기념 컬렉션

오늘도 광화문 한복판에서 점심 식사를 마치고, 도시의 분주함에서 잠시 벗어나 덕수궁 돌담길을 따라 걷다가, 서울시립미술관으로 향했다. 옛 대법원 건물을 리모델링한 이곳은, 과거와 현재가 겹쳐지는 공간이다.

이곳에서는 '천경자 탄생 100주년 기념 특별전'이 열리고 있었다. 어제와 오늘 연이어서, 이 특별 전시를 관람했다. 미술관 내부는 조용하고 한산했다. 특히 근처의 직장인들이 미술관 내부에서 점심시간 동안의 휴식을 취하고 있는 모습은 오전 내내 치열했을 그들의 모습과는 너무나도 대조적인 모습이었다. 점심시간에 이런 미술관의 호사는 업무 시간의 스트레스를 내려놓고, 마음의 평정을 되찾기 좋은 시간들이다.

천경자 컬렉션은 한 화가의 생애와 예술, 그리고 그 이면에 흐르는 고독과 진실을 다시 돌아보게 하는 기회가 되었다.

이번 특별전은 천경자가 생전 세계 여러 나라를 여행하며 그린 작품들로 구성되어 있었다. 동남아의 강렬한 색감, 아프리카의 얼굴들, 중

서울시립미술관 내부

남미의 일상, 유럽의 소녀들까지. 그녀가 걷고 머물렀던 시간과 공간이 화폭에 자연스럽게 녹아 있었다.

작품마다 현지의 공기와 빛, 사람들의 표정이 그녀의 감각을 통과해 정제된 채 전달했다. 단순한 풍경화나 기록화를 넘어서, 여행지에서 느낀 인상과 정서를 고유한 시선으로 표현한 그림들이 마치 여행의 시편처럼 다가왔다.

누구나 여행지에서 기억을 남기기 위해 사진을 찍지만, 천경자 화백은 그러한 순간들을 그림으로 그려 남겼다. 모든 장면을 담으려 한 것이 아니라, 자신이 머물며 느낀 감정과 기억을 화폭에 담아낸 것이다.

그녀의 여행은 보고 지나치는 것이 아니라, 그 안에서 감정을 길어 올리고 다시 창조해 내는 예술 행위로 이어졌다. 그러한 방식이 한층 인상 깊고 멋스럽게 다가왔다. 이번에 전시된 작품들은 생전 천경자 화백이 서울시립미술관에 기증한 93점의 작품 중 일부였다.

미국으로 떠난 이후, 그녀는 자신의 대표작들을 남기며 조용히 한국과의 인연을 끊었다. 이 기증에는 오랜 시간 쌓인 내면의 고민과 작가로서의 결연한 태도가 함께 담겨 있었다.

천경자 화백은 글을 통해서도 예술적 감성과 삶의 단면을 드러냈다. 탄생 100주년 컬렉션의 한 켠에는 천경자 화백의 수필집들을 함께 전시하고 있었다.

**천경자 컬렉션 팜플렛**

　　　　　　　　　　　　　　　　　　　　　　　종로 산책

천경자 컬렉션 전시품

# # 서울시립미술관

오늘 아침 출근길 공기는 살을 에는 듯 차가웠다. 오전 근무를 마치고, 사무실 아래 같은 건물 2층의 샤브샤브 칼국수 식당에서 들깨 향이 퍼지는 국물에 몸을 녹인 뒤, 밖으로 나섰다.

영하 9도까지 내려갔던 기온은 정오가 가까워지며 0도 언저리에 머물렀지만, 여전히 도시 전체가 잔뜩 움츠러져 있다. 사람들은 옷깃을 여미며 걸음을 빠르게 옮겼지만, 그들의 숨결만은 고요히 허공에 피어올라 도시의 차가운 오후를 부드럽게 밝혀 주는 희미한 온기처럼 느껴졌다. 점심시간의 짧은 여정이지만, 도심의 쉴 곳을 찾아 걷는다는 건 언제나 작은 소풍처럼 들뜬 기분이 든다.

새문안로를 지나 덕수궁길로 접어들자, 돌담 너머로 스며 나오는 햇빛이 오늘따라 더욱 반가웠다. 고종이 걸었다는 길을 따라 정동 쪽으로 이어지는 이 구간은 묘한 시간의 층이 느껴졌다. 덕수궁의 담장은 여전히 조용했고, 바람에 흔들리는 마른 나뭇가지들 사이로 오래된 도심의 표정이 느리게 드러났다.

구 러시아 공사관의 일부만이 남아 있는 하얀 첨탑이 하늘을 향해 가늘게 뻗어 오른 건물은 서울의 역사 한 조각이 고스란히 남아 있는 구조물이라서, 과거의 숨결을 느끼게 했다. 그 아래 정동공원은 여전히 단정한 정취를 유지하고 있었고, 가지 끝에 겨우 매달린 마지막 잎새들이 서울의 긴 계절 변화를 말없이 대변해 주고 있었다.

정동길을 따라 천천히 걸어 서울시립미술관 정문 앞에 도착하자, 회색빛 도시의 기운이 서서히 다른 결로 전환되는 느낌이 들었다. 박물관이나 미술관은 한여름의 무더위를 피하기 좋고, 오늘같이 추운 날은 잠시 몸을 녹이기에 더없이 좋은 공간이다.

천경자 화백의 '영혼을 울리는 바람을 향하여' 전시는 오늘로 벌써 여러 번째이다.

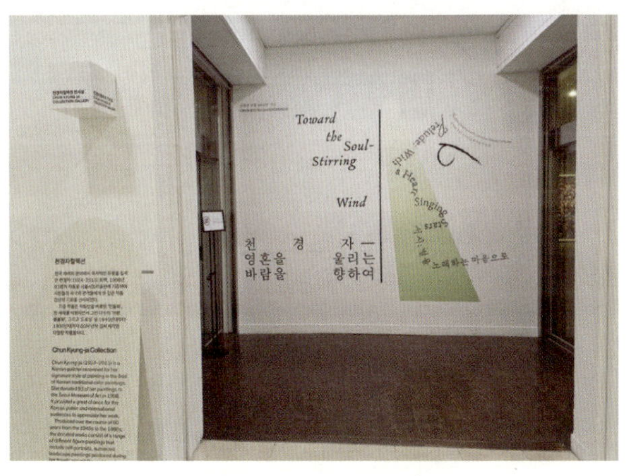

서울시립미술관 천경자 컬렉션 입구

천경자 화백은 생전에 자신의 작품 93점을 서울시에 기증하며 '삶이 다하면 작품들은 고향으로 돌아간다'는 뜻을 남겼다. 그 결정 덕분에 시립미술관은 한국 근현대 미술사에서 중요한 축을 이루는 그녀의 작품을 한자리에 모아 연구하고, 전시할 수 있게 되었고, 서울 시민들은 방향성을 잃지 않은 하나의 큰 흐름 속에서 천경자의 예술 세계를 상시로 만날 수 있게 되었다.

그녀의 색채와 선, 화면 속의 얼굴들과 숨겨진 이야기들은 시간이 지날수록 더 깊게 마음에 스며드는 듯했고, 전시장에 들어서는 순간마다 일상의 피로가 조용히 씻겨 나는 기분이 들었다.

서울시립미술관 천경자 컬렉션

문득 한동안 언론에서 다루었던 천경자 화백의 미인도 진위 논란에 대해 생각해 보았다. 1991년, 국립현대미술관이 소장한 '미인도'가 천

 종로 산책

경자 화백의 작품이라는 발표 이후 시작된 진위 논란은 예술계 전체를 뒤흔들었다. 천경자 화백은 단호하게 '내 그림이 아니다'라고 주장했지만, 미술관과 정부는 이를 받아들이지 않았다.

**서울시립미술관 천경자 컬렉션**

1971년도 작품이라고 되어 있지만 천경자 화백의 딸 역시 대학생 때라서 어머니와 함께 살면서 그런 그림을 본 적이 없다고 주장했지만 받아들여지지 않았다. 결국 천경자 화백은 자존심에 깊은 상처를 입고 1998년 미국으로 떠났고, 한국에서의 모든 활동을 중단한 채 조용히 살아갔다.

이른바 '미인도 위작 사건'은 단순한 진위 논란을 넘어, 한국 사회의 권위주의, 여성 예술가에 대한 편견, 그리고 예술과 제도의 충돌을 상징적으로 드러낸 사건이었다. 천경자 화백의 입장은 생전에 공식적으로 받아들여지지 않았고, 유가족의 노력에도 불구하고 아직도 명쾌한

결론을 내리지 못하고 있다.

　하지만 이번 특별전은 상처와 논란보다는 예술가로서의 천경자를 조명하는 데 초점이 맞추어져 있었다. 여행지의 풍경 속에서 발견한 색감과 정서, 얼굴과 이야기들이 그녀의 손을 통해 화폭 위에 피어났다. 천경자 그림 속 인물들은 말을 하지 않지만, 침묵 속에 수많은 이야기를 품고 있었다.

20

# 북촌 한옥마을

북촌산책 팸플릿

# # 북촌 한옥마을 맹현

오늘은 오전부터 여름의 기운이 분명하게 배어 있었다. 햇볕은 점심 무렵이 되자 바람보다 열기가 먼저 느껴져서 오래 걷기보다는 잠시 머물 수 있는 곳을 택했다. 점심을 간단히 마치고 나서, 자연스럽게 발걸음은 북촌 한옥마을 쪽으로 향했다.

북촌 한옥마을



종로 산책

경복궁 외곽을 지나 삼청동 방향으로 접어들자, 도심의 온도는 조금씩 달라졌다. 좁아진 길과 한옥 담장이 만들어 내는 그늘 덕분에, 직사광선은 한 겹 누그러졌다.

북촌 한옥마을은 종로 한복판에 있으면서도 늘 다른 속도로 움직였다. 골목을 오르내리는 사람들 사이로 세계 각국의 외국인 관광객들이 눈에 띄었고, 오래된 담벼락 앞에서는 자연스럽게 발걸음이 느려졌다. 서울의 현대적인 풍경보다, 한국의 옛 모습에 더 오래 머무르는 시선들이 이곳의 분위기를 만들고 있었다.

북촌 한옥마을의 외국인 관광객들

북촌 한옥마을은 경복궁과 창덕궁 사이 북쪽에 자리한 조선 시대 전통 주거지이다. '북촌'이라는 이름처럼, 이곳은 양반가가 모여 살던 고급 주거지였고 궁궐과 가까운 지리적 조건 덕분에 왕실과 연관된 인물들이 많이 거주하던 동네였다.

지금도 600여 채가 넘는 한옥이 밀집해 있어, 급격한 도시화 속에서도 전통 주거 문화의 형태를 비교적 온전하게 간직하고 있다. 골목과 골목이 이어지는 방식, 낮은 담장과 기와지붕이 만들어 내는 풍경은 걷는 사람의 속도를 자연스럽게 낮추게 했다.

오늘은 북촌 한옥마을 안쪽에 자리한 '맹현'을 둘러보았다. 더위를 피할 수 있으면서도 북촌의 분위기를 온전히 느낄 수 있는 공간에 가장 잘 어울리는 곳이다.

문을 열고 들어서자 바깥의 열기는 한 걸음 뒤로 물러났고, 입장료에 포함된 아이스 유자차를 주문했다. 유리잔에 담긴 유자차와 얼음은 보기만 해도 시원했다.

**북촌 맹현 옥상**

잔을 들고 옥상으로 올라가, 아이스 유자차를 옥상 난간 위에 조심스럽게 올려 두고, 북촌의 한옥을 배경으로 사진을 한 장 남겼다. 특별한 연출은 없었지만, 빛과 온도, 여름 초입의 공기가 그대로 담긴 느낌이 들었다. 난간 너머로 내려다보이는 한옥 지붕들은 가지런하면서도 저마다의 리듬을 가지고 있었고, 멀리 인왕산의 능선은 흐릿하지 않은 선으로 시야를 잡아 주고 있었다.

북촌 맹현 정원

맹현의 옛 정원은 크지 않지만, 오래 머물고 싶어지는 공간이었다. 잘 다듬어진 정원이라기보다는, 시간이 쌓이며 자연스럽게 완성된 듯한 인상이 강했다.

아이스 유자차를 마시며 그 풍경을 바라보고 있으니, 점심시간이라

**북촌 한옥 지붕**

는 제한된 시간이 오히려 이 순간을 더 또렷하게 만들었다.

북촌 한옥마을은 관광지이면서, 동시에 지금도 사람들이 살아가는 동네이다. 같은 골목을 관광객의 발걸음과 주민의 일상이 공유하고 있었다.

그래서 이곳을 걸을 때면 자연스럽게 말소리도, 걸음도 낮아졌다. 북촌이 오랜 시간 지금의 모습으로 남아 있을 수 있었던 이유는, 아마도 그런 조용한 배려들이 쌓여 왔기 때문일 것이다.

6월의 더위 속에서 찾은 북촌의 맹현은, 오후를 견디게 해 주는 작은 여유가 되었다. 아이스 유자차의 차가움, 옥상에서 내려다본 한옥의 지붕 선, 난간 위에 올려 두고 남긴 한 장의 사진까지 점심시간이라는 짧은 틈 안에서, 도시는 잠시 과거와 현재를 겹쳐 보여 주었다.

# \# 북촌 문화센터

오늘 점심시간에는 광화문광장을 나서 안국역을 거쳐 계동길로 향하며 늦가을의 빛을 따라 걸었다. 도심 한복판을 지나는 발걸음은 바빴지만, 마음은 이미 골목으로 스며들어 오래된 지붕들이 기다리는 북촌 문화센터로 향했다.

북촌 한옥마을 북촌 문화센터

가는 길마다 점심시간에 쏟아져 나온 직장인들과 외국인 관광객들
로 활기가 넘쳐 났다. 광화문 인근 카페 앞에는 테이크아웃 커피를 손
에 쥔 사람들이 짧은 햇볕을 즐기며 서 있었고, 삼삼오오 모여 빠르게
걸어가는 직장인들 사이로, 지도를 보며 어딘가를 찾는 관광객들이 섞
여 있었다.

안국역 사거리에서는 전통 한복을 입은 외국 관광객들이 웃으며 사
진을 찍었고, 한편으로는 서둘러 식당으로 들어가는 직장인들의 표정
에 점심시간의 짧은 여유와 다가올 업무에 대한 묘한 긴장이 동시에
묻어 있었다.

북촌 문화센터

계동길 초입의 북촌 문화센터는, 번잡한 삼거리에서 한 걸음 물러난



종로 산책

듯 고요하게 자리한 공간으로, 한옥 형태의 외관은 소박했으나 마당을
중심으로 품어 주는 듯한 인상을 주었다.

북촌 문화센터 내부는, 북촌의 생활문화와 역사를 담은 소규모 전시
공간으로 구성되어 있었고, 설명보다 숨결을 보여 주고자 하는 전시
방식이 인상적이었다.

집 구조와 사랑채, 안채의 역할, 골목의 변천사, 장인들의 공예 흔적,
낡은 그릇과 헌책들이 유리 너머에 놓여 있었는데, 그것들은 단순한
유물이 아니라 이곳에서 누군가 실제로 머물며 밥을 짓고 아이를 키우
며 문을 열고 닫았던 시간을 들려주는 듯했다.

**북촌 문화센터 내부**

특히 '북촌의 사계' 사진 앞에서는 지금 마주한 늦가을 골목이 사진

속 초봄의 햇살 아래 존재했던 장면과 겹쳐지며, 건물은 그대로이고 계절만 해마다 바뀌어 갔음을 실감했다.

북촌 문화센터를 나와 정독도서관 앞길을 따라 걸었다. 낮 시간의 골목은 점심 인파가 빠져나간 뒤 한산해졌고, 발밑의 낙엽은 마른 상태로 바람에 흩어지며 조용한 소리를 냈다.

광화문으로 돌아오는 길, 햇빛은 이미 빌딩 벽에 가려졌고 공기는 출발할 때보다 차가워져 있었다. 그러나 북촌의 담장을 따라 걸었던 시간 덕분에 마음은 오히려 더 따뜻해졌다. 오래된 기와 위로 오늘도 해가 기울기 시작했고, 다시 일상의 자리로 돌아왔다.



종로 산책

# 정독도서관

오늘은 점심시간의 짧은 여유를 틈타, 북촌 한옥마을 한가운데 자리한 정독도서관으로 발걸음을 옮겼다. 광화문과 종로의 번잡한 리듬을 떠나 골목길로 들어서니, 한옥의 기와지붕과 오래된 담장이 만들어 내는 고즈넉한 풍경이 눈에 들어왔다. 북촌 특유의 세월이 담긴 풍경은 마치 시간을 품고 오래 머무르는 듯한 위안으로 다가왔다.

정독도서관

정독도서관은 예전 경기고등학교가 있던 자리로, 수많은 청춘의 발걸음이 교정 위를 지나갔던 곳이다. 지금은 서울 시민에게 공개된 공공도서관으로 바뀌어서, 책과 조용함을 찾는 이들의 쉼터가 되었다.

정독도서관 내부

정문을 지나 도서관 안마당에 들어서자, 무르익은 초록의 계절이 물씬 느껴졌다. 막 돋아난 연둣빛 잎들이 햇빛 아래서 부드럽게 빛났고, 작은 바람에도 나뭇잎이 흔들리며 잔잔한 음영을 만들었다.

정독도서관의 야외 풍경은 여유스럽고, 평화로워 보였다. 5월의 햇볕은 여전히 포근했지만, 사람들은 나무 그늘이 드리운 벤치에 앉아 혼자 책을 펼쳐 든 이도 있었고, 인근에서 근무하는 듯한 직장인들은 커피를 손에 든 채 삼삼오오 모여 짧은 담소를 나누고 있었다.

내부의 정독실은 소음이 철저히 차단된 정숙한 분위기 속에서 독서나 스터디를 하고 있는 모습들을 볼 수 있었다.

정독도서관 내부

전체적으로 정독도서관의 공간들은 단순히 책을 보관하고 열람하는 장소를 넘어, 머무는 시간 자체가 하나의 일상이자 쉼이 되도록 배려된 장소라는 인상을 남겼다.

정독도서관 '소담정'은 도서관 구내식당으로 도서관 이용객뿐 아니라 일반 방문객도 이용할 수 있었다. 식당은 도서관 본관 오른쪽 비어 있는 공간에 자리하고 있었고, 밖에서 보기에는 일반 카페처럼 보였다. 문을 열고 들어서자, 깔끔하고 넓은 실내가 눈에 들어왔다. 메뉴는 백반과 국수, 단품 요리 등 다양했고, 가격대도 비교적 저렴했다.

근처에 사는 사람들이 산책하듯 들러 원하는 책을 골라 읽을 수 있
고, 식사까지 해결한 뒤 다시 일상으로 돌아갈 수 있는 정독도서관은
읽기와 쉼, 대화와 이동이 자연스럽게 이어지는, 도시 한복판의 차분
한 근린 도서관과 문화 공간으로 자리하고 있었다.

# 21

# 서촌 한옥마을

서촌 한옥마을

# # 박노수 미술관

점심 식사 후 향한 곳은, 서촌의 작은 골목 안 깊숙이 자리한 박노수 미술관이다. 경복궁역 3번 출구 근처에 있는 종로구 마을버스 9번 정류장에서 마을버스에 올라탔다.

차량 두 대가 간신히 스쳐 지나갈 정도로 비좁은 골목길을 따라 마을버스 운전자의 노련한 운전으로 네 정거장을 가서, 박노수 미술관의 입구에서 내렸다.

세종문화회관 뒤편의 소공원의 가을이 도시의 중심에서 황금빛으로 흘러내렸다면, 서촌 골목의 가을은 조금 더 낡고 차분한 색감으로 벽돌 담장과 고택 지붕 위에 내려앉아 있었다.

박노수 미술관으로 이어지는 골목은, 북적임 대신 낮은 숨결 같은 고요가 자리하고 있었다. 미술관 입구를 들어서니, 1930년대에 지어진 절충식 주택이 눈앞에 나타났다.

전통 한옥의 온화함과 서양식 건축 요소가 묘하게 어우러진 이 집은, 마치 오래된 그림 속에서 걸어 나온 듯한 분위기를 풍겼다.

서촌 박노수 미술관 입구

　현관문 앞에서 입장료 3천 원을 내니, 안내인이 입장권을 건네며 내부의 작품 사진은 촬영이 안 되니, 눈과 마음으로만 감상을 하라고 알려 주었다.

　미술관 앞마당은 작은 분재들과 단정히 놓인 석상, 작은 수조들까지, 한 폭의 정물화처럼 고요했다. 붉은 벽돌 건물 앞에 자리한 수석들은 마치 미술관이 아니라, 생활 속에서 자연스레 수집되어 놓인 물건처럼 보였다. 이곳이 원래 화백이 살던 집이었다는 사실을 떠올리니, 그 고요함의 농도가 조금 더 짙어졌다.

　앞마당의 정원을 둘러본 뒤 뒤뜰로 천천히 발을 옮기니, 미술관 건물 사이로 좁은 오솔길이 이어졌다. 작은 흙 계단을 몇 걸음 오르자, 미술관 지붕과 굴뚝이 눈 아래 펼쳐지고, 그 너머로 서촌의 골목들이

**서촌 박노수 미술관 전면**

조용히 이어졌다.

언덕 위 작은 정자는 말없이 자리를 지키며 햇살을 등지고 서 있었다. 그곳은 오래전부터 누군가 사색을 위해 잠시 올라왔음직한 자리처럼 느껴졌다. 바람이 담장을 넘어와 잎을 스칠 때, 마치 이 집의 시간들이 방문객에게 아주 조용히 인사를 건네는 듯했다.

다시 앞마당으로 돌아와 현관 안으로 들어서니, 마루의 온기가 발끝으로 전해지며, 박노수 화백이 실제 생활하던 방들이 그대로 전시 공간으로 이어졌다.



종로 산책

응접실, 안방, 주방, 그리고 화실까지. 각 방마다 화백의 작품과 수집품이 놓여 있었고, 벽난로와 노출된 서까래, 작은 창으로 들어오는 햇살까지, 모든 것이 화백의 세계를 고스란히 담고 있었다.

인상 깊었던 것은 박노수 화백이 사랑한 자연과 사물의 조화였다. 산수화, 화조화, 인물화가 방마다 자리 잡고 있었고, 고미술품과 수석들이 함께 놓여 있어, 그의 취향과 사유의 깊이를 엿볼 수 있었다.

좁은 마루 계단을 올라 2층으로 올라가니 각각의 방마다 그의 작품들이 전시되어 있었다. 마치 화백이 하루를 마감하며 사색하던 공간을

**언덕에서 바라본 박노수 미술관**

엿보는 기분이 들었다.

점심시간 동안의 작은 미술관 방문은 마치 하루의 리듬을 천천히 조율하는 시간이 되었다. 바쁘게 돌아가는 도시의 시간 속에서, 이 작은 미술관은 잠시 숨을 고르고, 예술과 삶이 만나 쉼을 주는 공간임을 깨닫게 했다.

# 22

# 익선동 한옥마을

익선동 한옥마을

오늘은 아침 출근길에 지하철 5호선 종로3가역에 미리 내려 익선동 골목을 거쳐서 광화문 사무실로 향했다.

익선동 한옥마을 아침 풍경

아침의 익선동은 다소 헐렁했다. 가게 문이 채 열리기 전의 골목에는 특유의 적막이 감돌았고, 한옥 지붕 위에는 밤새 내려앉은 옅은 습기가 아직 마르지 않은 채 남아 있었다. 출근길의 직장인 몇몇이 지름길 삼아 골목을 가로지를 뿐, 활기는 낮게 가라앉아 있었다. 주인이 없는 카페의 작은 정원들은 오히려 그 시간대에 더 아름다워 보여, 잠시 발걸음을 멈추고 바라보았다.

점심시간에도 다시 익선동을 찾았다. 낮 시간의 익선동은 아침의 느슨함이 말끔히 지워져 있었다. 골목 안쪽까지 외국 관광객들로 가득 찼고, 서로 다른 언어가 겹쳐지며 소란스러운 리듬을 만들고 있었다. 유명해진 가게 앞에는 어김없이 긴 줄이 늘어서 있었고, 좁은 골목 구석구석에 자리한 찻집들은 문 앞에 놓아둔 화분과 장식물들이 햇빛을 받아 반짝이고 있었다.

익선동 한옥마을 점심 풍경

얼마 전 최준식 교수의 '익선동 이야기' 책을 읽으면서 익선동에 대해 관심을 갖게 되었다.

익선동은 우연히 남겨진 공간이 아니었다. 이곳은 일제강점기, 민족 자본가이자 도시 개발자였던 정세권 선생에 의해 의도적으로 조성된 한옥 주거지였다.

그는 일본식 도시 정비가 급속히 진행되던 시기에, 조선 사람들의 삶의 방식과 주거 형태를 지키기 위해 이 일대에 집단 한옥 주거지를 계획했다. 익선동과 북촌, 가회동 일대에 남아 있는 한옥들은 그 고민의 결과였다.

당시 한옥은 전통을 고집하는 낡은 주거가 아니라, 근대 도시 속에서 조선인의 정체성을 지켜 내려는 실천의 공간이었다. 정세권 선생은 한옥을 단순히 과거의 유산으로 남기지 않고, 도시의 흐름 속에서 살아 움직이는 주거로 만들고자 했다.

익선동의 골목 구조가 유난히 촘촘하고, 집들이 서로 등을 맞대듯 배치된 이유도 그 때문이다. 좁지만 밀도 높은 골목은 사람들의 생활을 자연스럽게 이어 주었고, 그 구조는 아이러니하게도 이후의 급격한 재개발 바람 속에서 이곳을 보호하는 역할을 하게 되었다.

산업화 이후 서울의 많은 한옥들은 효율과 경제성이라는 이름 아래 사라져 갔다. 익선동 역시 한때는 철거와 재개발의 대상이 되었다. 그러나 전면 개발이 쉽지 않은 구조와, 한옥을 지켜야 한다는 보존의 목소리가 맞물리면서 이곳은 완전히 사라지지 않고 다른 방식으로 살아

익선동 한옥마을 카페 정원

남았다. 그 결과가 지금의 익선동이다. 주거지였던 한옥은 카페와 식당, 찻집과 공방으로 용도를 바꾸며 다시 숨을 쉬기 시작했고, 그 변화는 국내를 넘어 외국 관광객들까지 끌어들이는 힘이 되었다.

물론 이 과정이 모두에게 마냥 아름답게만 받아들여진 것은 아니다. 지나친 상업화 속에서 지붕만 남았다고 안타까워하는 시선도 분명 존재한다. 삶의 흔적이 사라지고, 한옥의 껍질만 소비되는 공간이 되었다는 비판 역시 익선동을 따라다닌다. 그럼에도 이 골목이 완전히 사라지지 않고, 이렇게라도 사람들의 발걸음을 다시 불러 모으고 있다는 사실은 부정하기 어렵다. 익선동은 보존과 변화, 기억과 소비 사이에서 지금도 균형을 찾아가고 있는 중이다.

익선동은 그렇게, 사소한 감각 하나하나를 모아 하루의 표정을 만들어 내고 있었다. 아침에 비어 있던 골목이 점심에는 사람들로 물결 치고, 그 사이를 천천히 걸으며 이 장소가 가진 서로 다른 시간의 결을 온전히 느낄 수 있었다.

# 23

# 인사동

인사동

종로의 대부분 빌딩들 지하에는 식당가가 자리하고 있어서, 이런 곳에서 점심식사를 하는 경우가 많다. 오늘은 비가 내려서 사무실 근처 대우빌딩 지하 백반집에서, 짧은 점심을 마무리한 뒤 이내 우산을 챙겨 들고 밖으로 나왔다.

점심 식사 전까지 꽤 굵었던 빗방울이 이제는 가는 줄기로 변해서 곧 멈출 기미가 보였다. 광화문광장과 종로 길이 만나는 사거리에 이르러, 비는 이미 멈추었다. 흐리던 하늘은 여전히 묵직했지만 빗방울이 멈춘 거리 위로 초겨울의 냉기가 선명하게 내려앉았다.

발밑의 포장도로는 방금 씻긴 듯 반짝였고, 지나가는 사람들의 걸음도 조금은 가벼워진 듯 보였다. 종로 2가 탑골공원 앞 사거리에 이르러 좌측으로 향하자, 도시의 표정이 서서히 바뀌었다. 자동차의 소음 대신 사람들의 말소리가, 빌딩 대신 오래된 간판들이 시야 안으로 들어왔다.

탑골공원 담장 너머로 보이는 은행나무 잎은 이미 대부분 떨어져 있었고, 간간이 남은 잎 몇 개가 바람에 힘없이 흔들렸다. 그 앞을 지나 안쪽으로 걸음을 옮기자, 이내 남인사 마당이 나타났다.

　남인사 마당 한쪽, 낙원상가와 마주한 벽면에는 화려한 색감의 일월 오봉도가 타일 위에 새겨져 있었다. 이 타일 벽은 인사동이 비로소 시작됨을 알려 주는 시각적 경계이자, 시간을 거슬러 들어가는 입구이다.

남 인사 광장 입구 일월오봉도 타일 벽면

　원래 인사동은 북쪽으로 지하철 3호선 안국역이 있는 율곡로, 동쪽으로는 운현궁과 탑골공원을 사이에 둔 삼일대로, 서쪽으로는 조계사를 사이에 둔 우정국로, 남쪽으로는 종각역과 보신각이 있는 종로로 둘러싸인 영역을 말하는데, 흔히 법정동보다는 인사동의 전통문화 거리를 의미한다.

종로의 남동쪽 남 인사 마당에서 안국동 4거리의 북 인사 광장으로 비스듬하게 이어지는 인사동 길은, 단순한 보행로가 아니라 시대를 이어 온 문화의 축이다.

고려 말부터 조선 시대에 이르기까지 관료와 사대부들의 서화가 거래되던 곳이었고, 해방 이후에는 화랑과 다방 문화의 중심으로 자리 잡았다.

1960~70년대 인사동의 다방에서는 문인과 화가들이 모여 예술과 시대에 대해 이야기했고, 지금은 전통과 현대가 공존하는 관광 거리로 변모했다.

점심시간의 인사동은 고요하면서도 분주했다. 골동품점 앞 유리창 너머로 빛바랜 청자와 목가구가 자리하고 있었고, 바로 옆 서예 문방구에서는 붓과 먹, 화선지를 고르는 사람들이 있었다. 한국 탈 가게에는 양반탈, 선비탈, 각시탈 등이 걸려 있었고, 그 앞에서 외국인 관광객들이 스마트폰으로 사진을 찍고 있었다.

길가에 가게들 처마에는 비가 개고 남은 물방울이 맺혀 있었고, 액자처럼 열린 골목 틈 사이로 보이는 하늘은 여전히 흐릿했지만 그 흐릿함마저 공간의 일부가 되어 있었다. 비가 갠 인사동의 골목은 풍경과 공기와 시간이 한데 겹쳐서, 천천히 걸음을 늦추게 만들었다.

인사동 길을 중간쯤 따라 걷다가 '쌈지길'에서 자연스럽게 발걸음을 멈췄다. 쌈지길은 길이 아니라 인사동을 상징하는 공간 중 하나인 건물 이름이다.

인사동 거리 한국 전통 탈 가게

　단순한 상업시설이라기보다는 인사동이라는 장소의 성격을 현대적
으로 번역한 실험에 가까운 건물로 2004년에 문을 열었다.

　건물은 바깥에서 보면 여러 층이 쌓인 듯 보이지만, 내부로 들어서
니 하나의 길처럼 이어진 완만한 경사로가 1층에서 옥상까지 끊임없
이 이어졌다. 엘리베이터나 계단 대신 '걷는 동선'으로 공간을 경험하
도록 설계된 이 구조는, 골목을 걷듯 건물을 오르내리게 만들었다.

　'쌈지길'은 조선 시대에 주머니를 만들던 '쌈지'에서 따온 이름처럼,
크고 화려한 상점보다는 소규모 공방과 상점들이 모여 있는 구조를 지
향했다.

　도자기, 금속 공예, 한지, 수공예 액세서리와 같은 작업들이 작은 점
포마다 담겨 있고, 각 가게는 하나의 주머니처럼 저마다의 이야기를

**인사동 쌈지길 건물 내부 통로**

품고 있었다. 길을 따라 천천히 오르다가 옥상에 이르니, 인사동 거리와 그 너머의 도시 풍경이 한눈에 들어왔다.

전통 한옥의 지붕선과 현대식 건물의 직선이 겹쳐지고, 멀리 종로의 흐름이 조용히 이어졌다. 아래에서 보던 인사동과는 또 다른 높이의 풍경이 펼쳐졌다. 이처럼 쌈지길은 아래에서는 골목으로, 위에서는 도시로 시선을 열어 주며, 인사동이라는 공간을 입체적으로 경험하게 해 주었다.

쌈지길을 지나 다시 길로 나오니, 인사동의 풍경은 원래의 속도로 흐르고 있었다. 바람은 여전히 차가웠지만, 그 바람 또한 이 길의 일부

**인사동 쌈시길 건룰 옥상정원**

였다. 오래된 찻집의 온기와 쌈지길의 완만한 경사, 그리고 광장에 모인 사람들의 웃음소리가 겹치며 인사동의 한 장면을 완성하고 있었다.

비에 젖은 노란 단풍잎들이 인사동길 바닥에 낮게 붙어 있었다. 막 떨어진 잎은 아직 형태를 온전히 간직한 채, 오래전부터 그 자리에 있었던 것처럼 자연스럽게 돌바닥의 무늬가 되었다. 빗물이 스며든 잎맥 사이로 노란빛은 한층 깊어졌고, 가을은 색이 아니라 온도로 먼저 전해졌다. 공기는 서늘했지만 차갑지 않았고, 젖은 낙엽 위를 밟는 발걸음은 괜히 조심스러워졌다.

**인사동 거리**

비가 그친 뒤의 인사동은 말수가 줄어든 도시 같았다. 처마 아래 남은 물방울이 간간이 떨어지며 시간을 쪼개고, 상점 앞에 놓인 화분의 잎사귀에는 빗물이 아직 떠나지 못한 채 가을을 붙잡고 있었다. 유리창 너머로 보이는 도자기와 종이, 붓들은 빛을 삼킨 듯 차분했고, 길 위를 오가는 사람들 또한 풍경의 일부처럼 조용히 흘러갔다.

인사동길 끝 무렵 북 인사 광장에서는 몇몇 외국 관광객들이 기념사진을 찍고 있었다. 그중에는 한복을 대여해 입은 젊은 외국 관광객들도 있었는데, 현대 도심 속에서 저 멀리 시공간을 건너온 듯 서 있는 그들의 모습이 묘하게 이질적이면서도 자연스러웠다. 전통과 현재, 일상과 여행의 경계가 흐릿하게 느껴졌다.

광화문 사무실 근무를 시작하기 전인 2025년 2월 이전에는, 이런 인사동길이나 이태원, 또는 서울의 고궁이나 박물관 등은 쉽게 닿을 수 있는 일상의 공간이라기보다는 마음을 단단히 먹고 휴일을 할애해야 찾아올 수 있는 장소들이었다. 일부러 시간을 내어 강북으로 나와야 했고, 휴일의 하루를 작은 여행처럼 따로 떼어 두어야만 걸어 볼 수 있는 길들이었다. 그래서 그 공간들은 늘 일상 바깥에 존재했고, 그만큼 특별한 거리로 남아 있었다.

하지만 지금은 점심시간이라는 짧은 틈 안에서도 이런 길과 공간들이 자연스럽게 닿아 있었다.

광화문광장이라는 도심 한가운데에서 일상을 보내는 일은, 도시를 소비하는 방식 자체를 바꾸어 놓았다. 한때는 일부러 계획해야 했던 장소들이, 이제는 하루의 한가운데에서 조용히 숨을 고르고 마음을 환기시키는 장소가 되어 주어 참으로 감사하다.

한낮의 짧은 산책이었지만, 번잡한 도심 속에서 오래된 시간의 호흡과 잠시 마주하는 순간이었다. 다시 광화문 방향으로 돌아서자 도심의 빌딩과 차량 소음이 점점 가까워졌고, 눈앞에는 현대적인 직선들이 다시 질서를 잡았다. 그럼에도 걸음 안에는 인사동 골목에서 남겨진 나무 향과 잔잔한 온기가 오래도록 머물렀다.

북 인사 광장

# 24

# 교보문고

교보문고

오늘은 한여름의 무더위를 피해 주변 산책 대신 근처의 교보문고를 찾았다. 세종로를 사이에 두고, 지금 근무하는 광화문 사무실과 교보문고는 불과 200여 미터 떨어져 있다. 광화문 지하 차도를 이용하면 체감 거리는 더 짧아진다.

교보문고

　도로 위의 소음과 신호등을 건너는 대신, 낮은 천장 아래로 이어지는 통로를 지나 책이 있는 공간으로 내려가는 그 몇 분의 이동은 하루의 리듬을 바꾸는 작은 의식처럼 느껴졌다.

　교보문고 광화문점은 단순한 서점 이상의 장소이다. 지금까지 네 권의 책을 출간하면서, 매번 새로운 책이 세상에 첫선을 보이는 모습을 확인하러 가는 만남의 장소였다.

교보문고 서가에 꽂혀 있는 저자의 책

　새로운 책의 출간 직후, 설렘과 불안이 뒤섞인 마음으로 매대를 한 바퀴 돌며, 새 책이 어느 칸에 놓여 있는지, 어떤 표정으로 독자를 기다리고 있는지를 바라보던 기억들이 새롭게 떠올랐다.

　교보문고 쇼핑백과 교보빌딩 남측 석재판에는 '사람은 책을 만들고

교보문고 서가에 있는 저자의 4번째 책 '나마스테 인도'

책은 사람을 만든다.'라고 적혀 있다. 책을 쓰는 사람으로서, 그리고 여전히 책을 통해 만들어지고 있는 사람으로서 이 문장은 매번 다른 무게로 다가왔다.

그리고 누군가는 '한 달에 한 번쯤은 아무 계획 없이 서점에 가서 손에 잡히는 책을 그냥 펼쳐 보라'고 조언하는데, 적극 공감하면서 특별한 목적 없이도 교보문고를 자주 찾고 있는 편이다.

요즈음의 대부분 사람들은, 목적 없는 서점 방문보다는 필요한 정보를 미리 정하고, 검색창에 제목을 입력한 뒤, 가장 빠르고 저렴한 방식으로 책을 구매하는 것을 합리적이라고 생각한다.

인터넷 서점에서는 10% 할인과 무료 배송이 일상이 되었고, 클릭 몇 번이면 빠르면 다음 날 책이 문 앞에 도착한다. 효율이라는 기준으로



종로 산책

보면, 오프라인 서점에 직접 발품을 파는 일은 분명 비합리적으로 보일 수도 있다.

그 결과, 동네의 작은 서점들은 하나둘씩 자취를 감춘 지 이미 오래다. 한때는 웬만한 거리마다 자리하던 중소 규모 서점들이 이제는 기억 속 풍경이 되었다. 장인어른께서 운영하시던 서점도, 장인어른이 돌아가신 뒤 문을 닫았다. 책 냄새와 계산대의 소리, 동네 사람들과 나누던 짧은 안부 인사가 함께 사라졌다.

2023년과 2024년, 각각 한 권씩, 그리고 2025년에는 두 권의 책을 출간하면서 출판사의 사정, 종이책을 둘러싼 현실, 그리고 서점이라는 공간의 의미에 대해 이전보다 더 자주 생각하게 된 것도 아마 이런 개인적인 기억 때문일 것이다.

교보문고 서가

그럼에도 불구하고, 대형 서점이 남아 있다는 사실은 여전히 위안이 된다. 교보문고 같은 공간에서는 애초에 계획하지 않았던 책과 마주칠 수 있다. 신간 코너에서 막 태어난 책들의 표정을 보고, 베스트셀러와 스테디셀러 사이를 오가며 지금 이 시대가 무엇에 반응하고 있는지를 가늠해 볼 수 있다.

기획 도서 코너에서는 누군가의 문제의식과 편집자의 손길이 어떻게 한 덩어리의 질문으로 묶였는지도 읽혀진다. 무엇보다 책을 직접 손에 들고 몇 쪽이라도 넘겨본 뒤에 구매할 수 있다는 점은, 잘못된 정보나 과장된 홍보로부터 스스로를 지키는 가장 확실한 방법이기도 하다.

점심시간에 들르는 교보문고는 길어야 삼십 분 남짓이지만 그 짧은 시간 동안 업무의 언어에서 잠시 벗어나, 문장과 문장 사이를 천천히 걷는 일은 주변의 물리적인 공간들을 걷는 것과 유사하다.

서가들 사이에 서 있으면, 오전 내내 조이던 업무의 무게가 조금씩 덜어지듯이, 교보문고 광화문점은 주변의 직장인들에게는 생각을 환기하는 작은 광장 같은 역할을 해 주고 있다.

# 25
# 광장시장

광장시장 입구

점심 식사를 마친 뒤 광화문광장을 지나, 종로를 따라 광장시장으로 향했다. 시장에 가까워질 즈음에는 손수레와 배달 차량들이 보도 가장자리를 채우고 있었다. 아직 시장 안은 아니었지만, 동선이 복잡해지고 사람들의 움직임이 분주해지는 순간, 광장시장은 조용히 모습을 드러냈다.

광장시장 입구

광장시장은 1905년 우리 자본으로 세워진 대한민국 최초의 상설시장으로, 근대 상업의 출발점이었다. 또한 이 시장은 도시 서민들의 삶을 떠받쳐 온 공간으로, 한 세기를 훌쩍 넘긴 시간 동안 전쟁과 산업화, 재개발의 파고 속에서도 꿋꿋하게 자리를 지켜 왔다.

지금의 광장시장은 그 오래된 역사 위에 또 하나의 얼굴을 얹은 채, 전 세계에서 찾아온 관광객들까지 각기 다른 언어와 표정을 뒤섞어 좁은 통로를 가득 채우고 있었다.

광장시장 내부

시장 안으로 들어서자, 기름에 부침이 지글거리는 소리와 국물에서 피어오르는 김이 동시에 감각을 자극했고, 빈대떡과 마약 김밥, 육회와 떡볶이 같은 음식들은 맛이 아니라 풍경으로 먼저 다가왔다.

상인들의 손짓과 손님을 부르는 목소리는 저마다의 리듬으로 오르 내리며 시장 전체에 박자를 만들어 내고 있었고, 외국인 관광객들은 휴대전화에 연신 이 낯선 풍경을 담고 있었다. 외국인 관광객들 중에 는 아무래도 중국인 관광객들이 눈에 띄게 많아 보였다. 일부 가게는 이들에게 QR로 결제를 하는 모습도 보였다.

광장시장 내 외국인 관광객들

그러나 골목 안으로 한 걸음 더 들어설수록 이 시장이 가진 또 다른 얼굴, 즉 화려한 외피 아래 숨겨진 현실과 마주해야 했다. 어떤 유명한 가게 앞에는 모퉁이를 돌아설 만큼 긴 줄이 늘어서 축제 같은 분위기 를 자아내고 있었지만, 어떤 가게는 의아할 정도로 조용한 채 손님을 기다리며 시간을 견디고 있었다.



종로 산책

불판 앞에서 쉼 없이 손을 놀리는 집과 의자에 앉아 먼 골목을 바라보는 집의 풍경이 나란히 이어지는 모습은 같은 지붕 아래에서도 극명하게 갈리는 시장의 온도 차를 보여 주고 있었다.

이 간극은 시장이라는 공간이 품고 있는 삶의 냉정한 현실이었고, 동시에 우리가 살아가는 세상의 축소판처럼 느껴져 마음 한구석을 짠하게 만들었다.

광장시장 빈대떡 가게

몇 해 전 광장시장은 외국인 관광객을 상대로 한 바가지요금 논란으로 사회적 비판의 중심에 서기도 했는데, 메뉴판 없는 주문 방식과 과도한 가격 책정은 SNS와 입소문을 통해 빠르게 확산되었다.

그러한 논란은 오래된 시장이 관광지로 변모하는 과정에서 필연적으로 겪게 되는 마찰의 단면이었고, 동시에 전통과 상업성 사이의 균형이 얼마나 어려운 문제인지를 드러낸 사건이기도 했다.

이후 시장 곳곳에는 가격표가 붙기 시작했고 지자체와 상인회의 자정 노력도 이어졌지만, 변화의 속도는 모든 가게에 고르게 닿지 못한 채 여전히 편차를 남기고 있었다. 사람들은 여전히 유명세를 탄 몇몇 가게로 몰렸고, 그 그늘 아래에서 묵묵히 하루를 버티는 상점들은 시장의 또 다른 시간을 살아가고 있었다.

오래된 간판과 닳아 버린 기둥들은 그런 모든 과정을 말없이 지켜보며, 이 시장이 하루이틀의 유행으로 만들어진 공간이 아님을 조용히 증명하고 있었다.

광장시장을 나와 청계천 쪽으로 발걸음을 옮기자, 천변 위에는 야간의 빛초롱 축제를 기다리는 조형물들이 자리를 잡고 있었다. 사람들은 형형색색의 조형물 앞에서 쉽게 자리를 떠나지 못한 채, 사진을 찍거나 다가올 밤의 풍경을 미리 상상해 보고 있었다.

시장의 소란과 열기를 뒤로한 채 청계천을 따라 걷다 보니 어느새 다시 광화문 사무실 근처에 다다라 있었다. 짧은 점심시간의 산책이었지만, 광장시장은 여전히 서울이라는 도시가 과거와 현재를 어떻게 껴안고 있는지를 가장 솔직한 얼굴로 보여 주고 있었다.

# 26

# 삼청공원

삼청공원 안내판

　　직장인에게는 월요일 오전이 가장 무거운 시간이다. 이틀간의 휴식을 취한 뒤 새로운 한 주를 여는 준비와 재무장 시간을 보내고 나면, 점심시간의 휴식이 더욱 반갑게 느껴진다.

　　점심 식사를 가볍게 마치고 건물 밖 하늘을 올려다보니, 아침부터 유난히 맑았던 하늘이 점심 무렵에는 한층 더 투명해져 있었다.

**삼청로 경복궁 돌담길**

오늘은 광화문광장을 지나 곧바로, 삼청공원을 향해 발걸음을 옮겼다.

가을볕은 과하지 않게 내려앉아 거리를 황금빛으로 물들이고 있었다. 삼청동으로 향하는 길가에는 은행잎이 바람에 흩날리고 있었고, 경복궁 담장 옆으로는 붉게 물든 단풍잎들이 줄지어 늘어서 있어서 단풍을 즐기기에 가장 완벽한 시기로 느껴졌다.

삼청동 수제비 식당 대기 행렬

오래된 삼계탕집 앞에는 대만 단체 관광객들이 모여 있었고, 그들의 웃음소리와 귀에 익은 중국어 소리가 좁은 골목을 가득 채웠다. 조금 더 올라가다 보니 맞은편 삼청 수제비 식당 앞에도 길게 줄을 서 있었다.

공원 입구에 다다르니 도시의 소음은 자연스럽게 뒤로 밀려났고, 가을 냄새가 짙게 배어 있는 숲의 공기가 코끝을 스쳤다. 나뭇잎이 쌓인

**삼청공원 산책길**

흙길을 밟는 소리가 발걸음에 따라 잔잔하게 이어졌다. 단풍은 이미 절정에 달해, 나뭇가지마다 붉고 노란 잎들이 불꽃처럼 빛나고 있었고, 햇살을 머금은 잎사귀들은 바람이 스칠 때마다 색을 바꾸며 흔들렸다.

점심시간에 삼청공원을 산책하는 사람들은 대부분 인근에서 근무하는 직장인들로, 소매를 걷어 올린 채 커피를 들고 삼삼오오 함께 걷거나, 혼자 이어폰을 낀 채 천천히 걷고 있었다. 잠시나마 업무에서 벗어난 그들의 표정에서는 도시의 긴장감이 느슨하게 풀려 보였다.

공원 안쪽 테니스장에서는 삼청동 주민들이 라켓을 휘두르고 있었다. 공이 맞닿을 때마다 경쾌한 소리가 숲 사이로 퍼졌고, 그 사이사이로 웃음소리가 맑게 번졌다. 바람에 흩날리는 단풍잎과 어우러진 그 풍경은, 바쁘게 흘러가는 일상과는 다른 속도의 삶을 보여 주고 있었다. 잠시 멈춰 서서 그 장면을 바라보고 있으려니, 마음이 느긋해졌다.

**삼청공원 산책길**

짧은 점심시간이었지만, 삼청공원의 가을은 그 짧은 틈을 아낌없이 채워 주었다. 나무 사이로 스며든 햇살, 발밑에 흩어진 낙엽, 멀리서 들려오는 도시의 희미한 소음까지 모두가 균형을 이루고 있었다.

삼청공원을 다녀오는 길에, 다시 바쁜 오후가 기다리고 있음을 알고 있었지만, 마음 한 켠은 한결 가벼워져 있었다.

27

# 초소 책방

초소 책방

2025년 10월 22일, 수요일

점심시간이 되면 도시는 잠시 호흡을 늦춘다. 오전의 치열했던 시간들을 뒤로하고, 주변의 직장인들이 삼삼오오 식당으로 향하는 모습을 보면서 이들의 무리에서 벗어나 다른 방향으로 발길을 돌렸다.

3호선 경복궁역 정거장에서 종로구 마을버스 9번인 초록색의 미니버스에 올라타니, 자하문로 길을 벗어나 차량 두 대가 간신히 스쳐 지나갈 만큼의 서촌길을 요리조리 올라갔다.

버스가 코너를 돌 때마다 벽돌담이 창밖을 스치듯 지나갔다. 이 좁다란 서촌의 골목길을 올라가면서 중간에 '박노수 미술관'과 '윤동주 하숙집터'를 지나쳤다.

오래된 돌담이 차창 옆으로 흘러가고, 그 사이사이로 담쟁이넝쿨이 가을빛을 품고 있었다.

마을버스 9번 종점은 수송동 인왕산 계곡 입구로, 도심 한가운데서 불과 10분 남짓의 짧은 거리에 위치하고 있었다.

마을버스에서 내리니, 느껴지는 공기부터가 조금 전 도시에서의 느

종로구 9번 마을버스

낌과 사뭇 달랐다.

　바람 속엔 인왕산의 숨결이 있었고, 수송동 계곡의 풍경이 눈앞에 펼쳐졌다. 짧은 이동이 오전의 치열했던 피로를 지우고, 도시의 심장을 잠시 멈추게 했다.

　수송동 계곡 길을 따라 1km 남짓 오르니, '무무대 전망대'가 나타났다. 종로의 낮은 지붕들, 중구의 빌딩 숲, 멀리 남산의 윤곽까지 한눈에 들어왔다.

　서울이라는 거대한 도시가 발아래에서 하나의 지도처럼 펼쳐졌다. 서촌의 낮은 지붕들이 여전히 남아 있고, 그 뒤편으로는 경복궁의 검푸른 지붕선이 단정히 누워 있었다. 왼쪽으로는 청와대의 푸른 기와가 산의 녹음에 묻히듯 은은하게 빛나고 있었다.

무무대 전망대를 지나 약 200미터를 더 걸어가니, 한때 청와대의 경비초소였던 초소 책방이 모습을 드러냈다.

'초소 책방'의 내부로 들어서니, 이곳이 한때 초소였다는 사실이 좀처럼 떠오르지 않을 정도로 유리 벽면을 따라 빼곡히 들어선 책장들이 공간의 인상을 완전히 바꾸고 있었다.

아래층 초소 책방 카페에서 치즈 케이크 한 조각과 시원한 자몽에이드 한 잔을 주문해서 옥상의 난간에 자리를 잡고 앉았다. 이곳 역시 조금 전에 들렀던 무무대 전망대 못지않게 수송동 산자락 아래로 서울의 풍경이 펼쳐져 있었다.

초소 책방은 1층의 카페 내부뿐만 아니라, 1층의 야외 카페와 2층의 옥상 카페에도 한낮에 찾아온 여러 층의 손님들이 한가롭게 휴식을 취하고 있었다.

책으로 채워진 실내의 밀도와, 전망대에서 마주하는 바깥 풍경의 개방감은 묘한 대비를 이루고 있었고, 군 초소였던 장소라는 기억은 이 대비 속에서 서서히 희미해지고, 대신 머무르고 생각하기에 적당한 공간이라는 인상만 또렷하게 남았다. 경계의 기능을 잃은 자리에 이렇게 조용한 시선과 풍경이 들어섰다는 사실이, 이 공간을 더욱 인상적으로 만들어 주었다.

점심시간 동안 초소 책방에서의 이 짧은 여정에는 도시와 자연, 역사와 예술, 그리고 고요한 휴식이 모두 들어 있었고, 인왕산의 바람과 초소 책방이 하나의 리듬처럼 이어졌다.

인왕산 초소 책방 내부

인왕산 초소 책방 옥상 카페

무무대 전망대에서 바라다 본 서촌 일대 전경

# 28

# 석파정 미술관

석파정 서울미술관

오늘은 석파정 미술관을 다녀왔다. 사무실 근처의 경복궁역에서 7018번 버스를 타고 네 정거장 남짓, 자하문 터널을 빠져나오자마자 길 건너편에 석파정 미술관이 모습을 드러냈다.

석파정 미술관의 외관은 북악산과 인왕산 자락의 산세와 잘 어우러진다고 말하기는 어려웠다. 산의 능선이 만들어 내는 완만한 흐름 속에서 건물은 지나치게 직선적이고 단단한 태도를 유지하고 있었다. 경사진 지형을 따라 자연스럽게 놓이기보다는, 언덕을 깎아 낸 자리에 구조물을 얹어 놓은 듯한 느낌이 강했다.

겨울 산의 거친 바위와 나무 사이에서 콘크리트 벽면은 유난히 이질적으로 눈에 들어왔다. 특히 콘크리트 벽면의 세로 패턴은 언덕의 경사를 따라 흐르기보다는, 그 흐름을 거슬러 올라가는 듯 보였다. 자연이 수평과 곡선으로 만들어 낸 풍경 속에서, 이 인위적인 수직선은 주변과 대화를 나누기보다는 일정한 간격을 두고 선을 긋는 느낌을 주었다. 여기에 더해진 약간 그린 톤의 유리 벽면 역시, 자연과 자신을 구

석파정 서울미술관 내부

분 짓는 경계처럼 보였다.

이런 외관은 호불호가 갈릴 수밖에 없겠지만, 주변 풍경과 완전히 호흡을 맞추지 못한 채 서 있는 건물로 읽혔다. 자연을 끌어안기보다는 일정한 거리를 유지하며 튀는 듯한 그 태도가, 이 장소에 들어서기 전부터 묘한 긴장감을 만들어 내고 있었다.

미술관의 전시장에 들어서자 바깥의 겨울과는 전혀 다른 분위기가 펼쳐졌다. 이번 전시는 천경자 화백의 작고 10주기를 기념해 마련된 회고전으로, 작가의 대표적인 채색화를 중심으로 그의 화업 전반을 조망하도록 구성되어 있었다.

전시장에는 인물화, 이국적 풍경, 식물과 동물을 소재로 한 작품들이 시기별로 배치되어 있었다.

천경자 전시 작품 길례 언니

천경자의 작품은 강렬한 원색과 장식적인 화면 구성이 특징적으로 보여졌다. 화면 속 여인들은 정면을 응시하거나 시선을 살짝 비켜 두고 있었고, 짙게 강조된 눈매와 선명한 색채가 반복적으로 나타났다. 이러한 표현은 작가가 일관되게 추구해 온 화풍으로, 여성 인물과 내면의 감정을 주요 주제로 삼아 왔음을 느낄 수 있었다.

또한 해외 체류와 여행 경험을 바탕으로 한 이국적인 식물과 동물, 풍경을 다룬 작품들이 많이 있었다. 이 요소들은 단순한 배경이 아니라 화면을 구성하는 중요한 조형 요소로 사용되었고, 천경자 특유의 색채 감각이 빼어나 보였다.

전시는 천경자가 한국 채색화 분야에서 독자적인 위치를 구축해 온 작가였음을 확인할 수 있도록 구성되어 있었다. 작품 앞에 서 있을수록 색채의 밀도와 반복되는 시선의 표현이 자연스럽게 관람자의 발걸음을 멈추게 했고, 전시장은 바깥의 계절과는 분리된 하나의 세계로 느껴졌다.

관람을 마치고 4층 미술관 건물의 옥상 외부로 나오자, 전혀 예상하지 못했던 장면이 눈앞에 펼쳐졌다. 현대적인 미술관의 실내 전시의 여운이 채 가시기도 전에, 조선 후기의 시간처럼 느껴지는 흥선대원군의 별서 건물이 조용히 그 자리에 머물고 있었다.

흥선대원군 별서

안채와 사랑채, 별채로 이루어진 살림채는 계곡의 지형을 따라 낮고 단정하게 배치되어 있었고, 건물 전체는 권세를 드러내기보다는 은거와 휴식을 염두에 둔 별서의 성격을 담담하게 보여 주고 있었다.

흥선대원군의 별서는 처음부터 그의 공간은 아니었다. 이곳은 철종 때 영의정을 지낸 세도가 김흥근이 지은 별서로, 잠시 머무는 별장이 아니라 비교적 오랫동안 거주할 수 있도록 마련된 집이었다.

김흥근은 계곡과 바위가 어우러진 이 자리에 삼계동 정사라 이름 붙인 별서를 짓고 머물렀다. 지금도 집 옆 바위에는 '삼계동'이라는 각자가 남아 있어 당시의 흔적을 전하고 있다. 개울가 바위에는 '소수운련암'이라는 글씨가 남아 있는데, 이곳 풍경이 얼마나 시적 감흥을 불러일으켰는지를 짐작하게 한다.

흥선대원군 이하응은 이 별서를 오래전부터 탐내며 김흥근에게 여러 차례 매입을 요청했으나 거절당했다. 그러다 임금이 된 아들 고종과 함께 이곳을 방문해 하룻밤을 묵게 되었고, 유교 예법상 임금이 머문 집에 신하가 계속 살 수 없다는 관례에 따라 결국 김흥근은 이 별서를 이하응에게 넘기게 되었다고 전해진다.

이하응은 이 공간을 각별히 아꼈다. 사방을 둘러싼 바위산의 풍경에 매료되어 자신의 호를 '석파'로 바꾸었고, 집 앞 계곡의 정자에 석파정이라는 이름을 붙였다. 이후 이 별서는 흥선대원군의 취향과 정치적 삶의 그림자가 함께 스며든 공간으로 남게 되었다.

별서 건물 앞쪽으로는 계곡이 자리하고 있었지만, 물은 보이지 않았다. 바닥에는 얼음이 얇게 깔려 있었고, 계곡은 흐름을 멈춘 채 매서운 겨울을 그대로 받아들이고 있었다.

별서에서 조금 떨어진 곳의 계곡 끝자락에는 석파정이라 불리는 자

그마한 정자가 화강암으로 된 기단 위에 자리 잡고 있었다. 기둥에는 장식적인 벽이 덧붙어 있었고, 지붕의 형태 역시 익숙한 한옥과 달리 중국풍의 인상을 강하게 풍기고 있었다. 처음 보는 방문자의 눈에도 이 정자는 조선의 정자라기보다, 낯선 세계를 끌어들인 실험처럼 느껴졌다.

석파정

아마도 여름에는 바위 아래로 물소리가 살아나고, 정자 안에는 그늘과 바람이 머물렀을 것이고, 가을에는 단풍이 주변 산자락을 물들이며, '유수성중관풍루'라는 이름이 비로소 제자리를 찾았을 듯싶었다.

석파정을 지나 조금 더 언덕을 오르자, 시야를 막듯 커다란 바위산이 마주했다.

인위적으로 손댄 흔적 없이 그대로 드러난 너럭바위는 정원의 끝이
자 시작처럼 느껴졌고, 그 앞에서 발걸음을 잠시 멈추었다. 바위 표면
에는 겨울빛이 낮게 스치며 옅은 음영을 남기고 있었고, 그 굴곡마다
시간이 쌓여 만들어 낸 결이 고스란히 드러나 있었다.

말없이 서 있는 너럭바위는 계절의 변화와 사람의 발걸음을 모두 받
아들이며, 이 장소의 중심을 오래도록 지켜 온 존재처럼 느껴졌다.

너럭 바위와 하트모양 나뭇잎

너럭바위 앞에는 누군가 하트 모양으로 가지런히 쌓아 놓은 낙엽이
남아 있었다. 생색내지 않은 작은 흔적이었지만, 그 장면 덕분에 겨울
의 풍경은 한층 부드럽게 다가왔다. 색을 잃은 계절 속에서 낙엽은 마
지막 온기처럼 남아 있었고, 차가운 바닥에 놓인 그 형태는 이 공간이

                                                                    종로 산책

여전히 사람의 감정을 받아들이고 있음을 말해 주고 있었다.

너럭바위 앞으로, 작은 산책로가 이어져 있었다. 돌바닥으로 된 산책길을 따라 아래로 내려가니, 산책길의 끝에서 신라 삼층 석탑이 모습을 드러냈다. 화려하지도, 크지도 않았지만 오래 버텨온 것만이 가질 수 있는 단단함이 느껴졌다. 탑은 주변 풍경을 압도하지 않고, 오히려 한발 물러서 모든 것을 지켜보는 존재처럼 서 있었다.

석탑 근처에서 계곡 아래를 내려다보니, 얼음으로 덮인 계곡 건너편으로 흥선대원군의 별서 건물이 한눈에 들어왔다. 담장과 지붕선, 그리고 그 앞에 선 소나무까지, 별서 건물은 자연 속에 파묻히듯 자리하고 있었다. 산과 바위, 정자와 살림채가 서로를 밀어내지 않고 어깨를 맞댄 풍경이 정원도, 유적도 아닌 하나의 완성된 장면으로 보여졌다.

석탑 앞에 잠시 머물다 다시 길을 돌려 내려왔다. 바위를 끼고 이어지던 산책로를 따라 걸음을 옮기자, 시야가 서서히 열리며 흥선대원군의 별서 건물이 다른 각도로 다가왔다.

별서 앞에 서 있는 천세송은 이 공간의 시간을 대신 말해 주는 존재처럼 느껴졌다. 수백 년을 견뎌 왔을 법한 굵은 줄기와 뒤틀린 가지는 겨울 햇빛을 받아 묵직한 그림자를 드리우고 있었고, 그 앞에 서자 이 집이 품어 온 세월의 두께가 자연스럽게 전해졌다. 사람의 발걸음과 정치의 굴곡, 계절의 반복을 모두 지켜본 나무처럼 보였다.

고개를 들어 보니, 저 멀리 북악산 자락의 능선 아래로 부암동의 집들이 옹기종기 모여 있는 모습이 한눈에 들어왔다. 화려하지 않은 낮

**천세송과 북악산 자락의 부암동 마을 전경**

은 지붕과 담장들이 산의 경사에 기대어 자리 잡고 있었고, 도심과 산촌의 경계가 이곳에서는 유난히 부드럽게 이어지고 있었다. 겨울의 차가운 날씨 속에서 그 풍경은 소란스럽지 않았고, 오히려 조용히 숨을 고르는 듯 보였다.

이렇게 오늘의 여정은 석파정 미술관에서 시작해 바위와 길을 지나, 다시 별서 앞에서 마무리되었다. 전시장 안의 강렬한 색채와 바깥의 얼어붙은 계곡, 그리고 산과 집들이 겹쳐진 풍경이 한 겹씩 쌓이며 하루를 완성했다. 잠시 다녀온 산책이었지만, 오늘의 부암동은 오래 머물다 나온 곳처럼 마음에 천천히 남았다.

 